快跑，騰雲妖馬來了

文◇王文華　圖○徐至宏

審訂／國立故宮博物院院長　吳密察

目錄

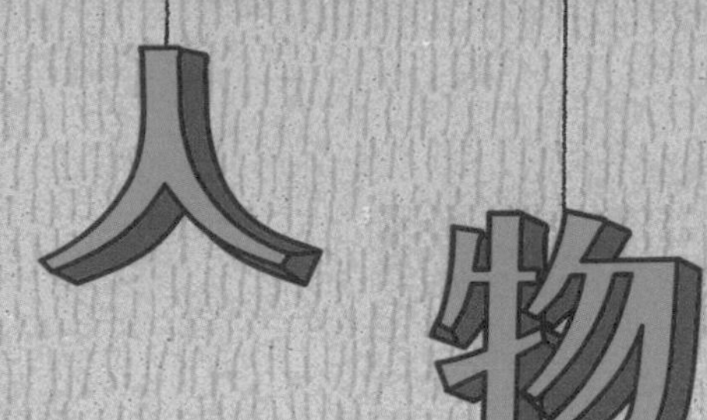

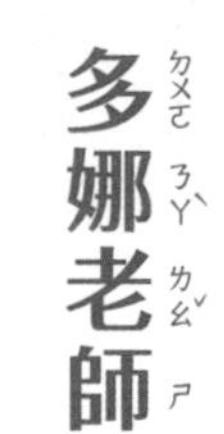

多娜老師

可能小學最神祕的老師之一。目前只知道她在羅馬尼亞修完碩士課程，研究的主題是德古拉爵士吸血時右邊第三顆牙齒神經傳達法門。或許在羅馬尼亞住太久，她說話有濃濃的外國腔；或許研究吸血鬼太久，她的皮膚蒼白，犬齒特尖，和她說上三分鐘的話，就會打從心裡冷了起來，而學生進入她管理的可能博物館，都會發生一段奇怪的事。

曾聰明

可能小學四年愛班學生，智商高到破表，體力極差，特愛網路、考試與嚴格的老師。可能小學不常考試，所以他很困擾，曾經連寫三十六封信給校長，提醒他該多多考試，校長答應他會列入考慮，這一考慮，就從一年級考慮到現在。上回他在可能博物館玩鄭荷大戰的生存遊戲，結果竟然沒回來，更可怕的是，也沒人記得他，這……

郝優雅

可能小學四年愛班學生，媽媽希望她能舉止優雅，特別為她取名郝優雅。沒想到她整天活蹦亂跳，從小跟著教有氧舞蹈的爸爸學攀岩，三年級考到救生員執照，四年級擁有高山嚮導證，立志要在二十歲前，爬完臺灣百岳，騎單車環遊全世界。她上回竟把鄭成功的貼身侍衛帶回來，這可怎麼得了哇？

十二姨太

十二姨太剛滿十二歲，瓜子臉，三角眼，不笑的時候像在生氣，笑起來的時候，更像在生氣，她本來是大太太的丫鬟，卻被王阿舍指定當姨太太，目前還在練習指使丫鬟工作的本領。郝優雅沒錢搭車，被派來當她的丫鬟，她開心極了（看起來卻像氣瘋了）……

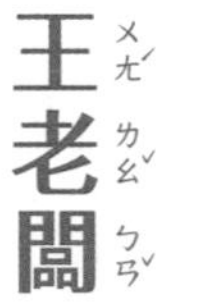

王老闆

基隆港第一有錢的員外，家裡什麼都多，長工多，丫鬟多，連太太都有十一個，啊，不，是十二個（太太多到他自己都數糊塗了）。這回特別帶新娶的十二姨太出來搭火車吹吹風，外頭還派一輛牛車跟著火車載行李、糕餅以及尿桶供他使用，真是威風啊！

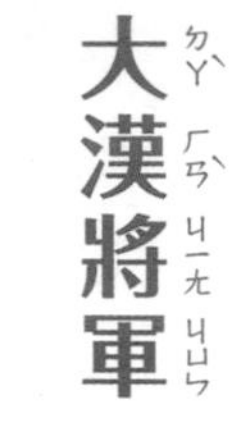

大漢將軍

大漢將軍有一個五級軍情要回臺北城稟報長官，至於這五級軍情是什麼，因為事關大清國水師士兵的士氣，所以他絕對不會告訴你水師士兵褲腰帶不夠用了。這怎麼能說呢？要是這件機密軍情被日本、英國和法國人知道了，天哪，整個大清國的臉要往哪兒放？

阿傳

騰雲號火車司機兼驗票、收票及火車維修工程師。因為一般百姓還不太懂火車的重要性，他還得擔任「騰雲號火輪車百款好」的宣傳小天使。火車路線太陡，火車爬不上去時，阿傳也要找水牛幫忙拉火車，夠忙了吧？

前情提要

可能小學的鄰居是動物園，校園很大，想要去找它的人，卻常常找不到。

為什麼呢？

可能小學門口有十八棵樟樹，它們隨風搖曳，自動變換隊形，只有想像力豐富的人，才能穿過它們。

闖過十八棵樟樹陣，可能小學還有一道盡忠職守的數學大門。數學大門每天會出一道數學題，動動腦解開它，才能召喚開門精靈出來。

大部分的人（尤其是大人），習慣不動腦的生活，所以，他們也很容易放棄，喪失進入可能小學的機會，哎呀，真的好可惜，不然他們就能看到貓熊跟長頸鹿在校園散步，企鵝跟小朋友上課。

這麼好玩的學校，你有興趣了吧？它很近，就在動物園捷運站的下一站。

動物園已經是最後一站了，怎麼還有下一站？當然有，因為在可能小學裡，什麼事都是有可能的。

一般遊客到了動物園站，只急著去看貓熊，不會注意到有一群孩子還在車上。遊客都下光了，他們才彼此眨眨眼，等著列車長開車，等著到可能小學。

可能小學每一天的課程都很精采，就算得了重感冒、阿嬤要進香拜拜或是強烈颱風來，也沒人捨得請假。

以今天早上來說吧：

低年級的孩子正在學習交通工具，昨天拉愛斯基摩人的雪橇繞操場跑三圈，今天在校園騎大象。

三年級的孩子在吟詩。老師遲到了，卻沒有孩子抱怨。教詩詞的老師是李白。李白耶，詩仙親自上課，多光榮，不過李老師宿醉未醒，要等他來，可能還得等一陣子。

尖叫的聲音來自可能博物館。那是一棟三層高的大樓，裡面塞了一顆等高的透明大球，當初不知道是先有大球，還是先建大樓再把大球塞進去，這也是可能小學十大謎題之一。

可能博物館裡的收藏品，總共只有兩件。

一位是西拉雅老頭目，手持荷蘭人的權杖，還有一位是名叫牛德壯的侍衛，身上帶著一個據說屬於鄭成功的千里鏡。

老頭目說的話沒人懂，他最喜歡坐在博物館中間聽老師上課，遇到不喜歡的課，還會搶過麥克風，自己上起沒人聽得懂的課。

牛德壯侍衛來自三百多年前的福建泉州，他是鄭成功的部下，也曾

前情提要

和郝優雅並肩作戰，所以他信任郝優雅，對她言聽計從。

四年級的學生，在博物館裡看過三百多年前，荷蘭人占領臺灣的時代；用3D影片親臨鄭成功大戰紅毛人的戰場。

今天早上，多娜老師打算給他們一個驚喜，沒想到，課還沒上，牛德壯和老頭目先在博物館中間打了起來。

老頭目用權杖點向牛德壯，牛德壯屁股長出一條尾巴。

「里麥造！」牛德壯把老頭目熊抱起來，發出一陣巨人的怒吼。

「誰能來勸勸他們？」綽號大頭的孩子問。

「好像只有郝優雅才有辦法。」綽號小頭的孩子說。

大頭、小頭到處找不到郝優雅，於是同時歪著頭說：「她怎麼還不來呀？」

郝優雅的鬧鐘罷工，她搭上捷運時，已經遲到了。

今天是慶祝貓熊來動物園第七八九天紀念日，遊客全在動物園站下光光。

現在的車廂空蕩蕩，喔，只剩下郝優雅站在後頭眼望遠方。她今天心情不太好，頭髮染成彩虹的七種顏色。

不能怪她，因為她記性太好，明明記得有個同學叫做曾聰明，可是全校卻沒人記得這號人物，她試著找出幼兒園畢業紀念冊，拿出數位相機找他們合照的相片。

說來也奇怪，沒有，統統都沒有，不但數位相機沒有，手機沒有，連曾聰明的媽媽都不記得她生過這麼一個兒子。

「曾聰明？沒聽過耶！」

都說媽媽不會忘記自己的小孩，但是曾媽媽就會。

可是郝優雅和曾聰明從幼兒園開始同班，兩人一起讀可能小學，先前還曾去過荷蘭時代、鄭成功時代探險，但是回來時，不知道出了什麼差錯，她和鄭成功的貼身侍衛牛德壯回來了，曾聰明卻不見了。

她想到這裡，心情低落，讓她更低落的是——咦，明明動物園都到了，遊客都下光了，列車怎麼還不動，可能小學在下一站哪！

等啊等啊等，第一節課都快下課了，車子還不開，列車長還廣播：

「咳！各位乘客，咳咳！列車現在出了點小小的問題，咳咳咳，很快就能解決了，咳咳咳，請大家下車去走走。」

列車長今天的聲音很沙啞，感冒了。

車門煞的一聲開了，霧氣飄了進來，彷彿在歡迎她。

外頭的霧氣溼答答，遮住天空、青山和大樓，對了，還有動物園裡的大象，大象瞄了他們一眼，頭縮進霧裡。象鼻子卻不願意進去，左擺擺右擺擺，逗留了好久，終於不甘不願的縮進霧裡。

嘰，煞！

霧裡有什麼東西在動！

等郝優雅想到這是列車在運行時的聲音，車已經開走了。

「唉，看來我只能走路去上學了。」郝優雅想，「幸好可能小學離這裡不遠。」

早就應該這麼做，至少可以趕上第一節課，多娜老師今天要上劉銘傳的故事。

超時空報馬仔

臺灣第一任巡撫——劉銘傳

清代末年，國家積弱不振，中國成了世界各國眼中的肥肉，那時的大臣為了改革，推行不少洋務運動，希望能學習西方的優點。曾國藩、李鴻章都是其中的代表人物。這些人都是讀書人，只有劉銘傳是跟著李鴻章在上海與太平天國作戰出身。他跟著英法的教練學習洋槍洋炮，因為身體力行，反而吸收了現代化的知識，所以才能在中法戰爭中，因為保臺有功，被派為第一任巡撫。

或許是長年和外國軍隊接觸，劉銘傳並不怕改變，也很勇於嘗新。他很早就看出火車在交通上的重要性，他是第一位建議在中國修造鐵路的人，他把鐵路看作新政的起點，可惜當時的政府並不採納他的意見。他的理想，也只有等他來到臺灣，才能進一步實現。

劉銘傳在臺灣努力建設，讓臺灣一躍成為全中國最進步的一省，目的就是防止外國人侵占瓜分中國的野心，尤其美國商人當時多有建議美國政府占領臺灣。他認為想抵抗強敵必須先能自立自強，想攘除外面的敵人，就得先讓國內安定，他說：「內不靖則根本易搖，一有外憂，勢且不攻自靡。」

劉銘傳在臺灣有很高的政績，但是，卻因為傳統的勢力太大，改革處處受到阻礙，最後被迫辭職，而他所創立的新政也無法持續。

他搭船離開臺灣時，恰好有一艘日籍商船要進港，劉銘傳望著日船，感慨的說：「他日禍臺者，必倭也！」

他的預言成真，後來臺灣果然成了日本的殖民地長達五十年。

劉銘傳成立郵政局發行的郵票，後來當作火車車票使用。
（圖片提供／小草藝術學院）

基隆港常是外國入侵的入口，位於基隆的海門天險是重要的軍事要地，原建於道光鴉片戰爭時，後劉銘傳加以重建。（圖片提供／吳梅瑛）

1 基隆票房

外套很快就溼了，溼掉的外套變成另外一種顏色，也許因為這個緣故，衣服也像換了另外一套似的。

捷運站月臺越走霧氣越重，照理講，距離沒這麼遠，實際走，卻遠得多，感覺好像走很久，郝優雅想看看錶，哎呀，今早急著上學，忘了帶錶來。

走啊走啊，至少走了一公里吧？

霧裡的時間很難計算，站臺似乎無限延伸，直到郝優雅走進了一個紅磚小站，「基隆」兩個大字貼在紅磚車站上。

「我走錯方向了嗎？」

「來時是捷運，怎麼會走進火車站？」

「那，可能小學呢？」

她站在火車站月臺上東看西看，心裡疑問一個又一個，火車站裡安靜得讓人擔心，好像天地間都沒人了似的。

驀然，啪答啪答的，四周傳來許多腳步聲，在寂靜的濃霧裡走了這麼久，能再聽到其他聲音讓人心安。

濃濃的霧裡走出幾個挑著擔子的小販。

兩個女孩扶著一位老媽媽。

老爺爺牽了隻猴子。

最後來了四個商人，嘰哩呱啦的，聊得很開心。

男人的額頭光光亮亮，拖著長長的辮子；女生的頭髮都挽了個髻，衣袖特別寬大，走起來有風似的。

衣服是古代的衣服，打扮是古代的打扮，說的話她全聽得懂，因為他們都說閩南語。

郝優雅猜他們在拍電影，不然就是迎神賽會，踩街遊行的隊伍。

霧裡還有什麼呢？喔，又走出兩個金髮藍眼睛的外國人，他們自顧自的聊，郝優雅英文還不錯，聽了幾句，知道他們在談什麼茶葉要用船載還是要搭火車，還說什麼煤礦產量一定不會少。

真奇怪，載貨用卡車，走高速公路方便又省錢，這兩個外國人真是笨得可以了。

這麼想著，一陣香味傳過來，那是小販打開箱籠，正在做買賣。

煮好的花生，蒸好的包子，還有瓜子和玉米，味道很香很香，讓人肚子餓起來的香。

郝優雅沒有吃早餐，她想買包子，書包裡有錢……咦？書包怎麼不見了？難道是放在捷運車廂忘了拿下來？

「火輪車來了嗎？」霧裡又多了個聲音。

「沒有嗚嗚嗚的汽笛聲音，怎麼會有火輪車來？」一個打扮得像站長的男人說，他的眼神有點冷冰冰，帶著神祕感，像這樣的眼睛，可能小學裡只有多娜老師勉強跟他比得上。

叩嘍叩嘍！霧裡又走出一輛兩頭牛拉的車，趕車的人很瘦很矮，坐在牛車上的人很胖很高。

「大稻埕王記茶行的王老闆來了！」不知道誰在說話。

「有錢人就是不同款，坐牛車來趕火輪車。」

「牛車也要坐火車嗎？」郝優雅忍不住問。

「有可能！有錢就能使火輪車載牛車。」王老闆坐在牛車上說。

這位王老闆頂多四十歲，戴著圓框的眼鏡，手指修長，皮膚很白。

「讓讓，讓讓，王老闆的牛車要過啦。」站長指揮大家，小市集勉強讓出一條小路，「王老闆，坐火輪車回去大稻埕啊？」

戴眼鏡的男人嗯了一聲，等著車夫扶他下來。

「火輪車呢？難道要我等它啊？」

「不好意思，火輪車馬上就來。」站長堆出滿臉笑容。

說來就來，不過，跑來的是個全套武官服裝的大漢，身材高大，滿臉鬍子，一看就是個狠角色。

真的越來越像在拍電影了。

「你也要坐火車？將軍不是騎馬嗎？」郝優雅覺得好笑。

大漢跑得滿頭大汗，揪著站長像抓小雞，他大吼：「我有緊急的機密軍情要去臺北城，火輪車呢？」

啊，啊啊，站長臉漲得好紅，四肢在空中揮。

郝優雅提醒他：「將軍，站長快被你勒死了，他怎麼說得出話？」

「對喔！」大漢鬆了手，凶狠的瞪著站長問：「我的火輪車呢？日本人、英國人和法國人的船都聚在基隆外海了，火輪車怎麼還不來？」

聽起來很危險，郝優雅卻覺得很奇怪，她說：「情報這麼重要，你應該撥手機或是用無線對講機！」

王老闆咦了一聲：「請問姑娘，什麼是手機，什麼是無線對講機？大稻埕哪裡有得買？」

郝優雅想叫他自己上網買，大漢卻搶著說：

「大清國軍機處有交代：一級軍情用電報，那是劉大人剛牽的線，從臺灣直接連到福州，聽說牽了電報線，連茶葉都可以直接報價，嘿，厲害吧？」

「還好吧，我媽的手機就比電報還快。」

大漢搖搖頭。「什麼手雞？雞怎麼跑得過電報？小孩子有耳無嘴，少說話。二級軍情有軍鴿，一天可傳八百里，三等軍情騎快馬，四等的坐牛車，哪有什麼母雞呀，木槳的？」

郝優雅問：「請教將軍，那麼您搭火車是幾等的緊、急、軍、情？」

大漢揚揚眉毛，用一種很了不起的口吻說：「我的是五等軍情。」

她繼續追問：「既然如此，您的軍情是什麼？」

「事關大清國官兵士氣，怎麼可以說給你知道？」大漢哼了一聲，「眼看日本人、英國人和法國人都已經兵臨城下，我大清水師官兵褲腰帶卻快用光了，提督大人要我命臺北城軍裝局檢查貨倉，看看褲腰帶有沒有備用品，這麼重要的事情，怎麼可以隨隨便便就說出來呢？要是洩漏了軍機，讓這些洋人知道士兵沒腰帶，大清國水師士兵的褲子隨時會掉下來，豈不是丟臉丟大了？」

剛開始說得那麼緊張，吸引所有人的注意。聽著聽著，喔，原來是士兵沒褲帶呀，於是，聊天的聊天，耍猴子的耍猴子，做買賣的做買賣，再也沒人對這件「天大地大的軍事機密」有興趣。

或許只剩下大漢在乎他的緊急軍情，想到就踢站長一腳。「火輪車呢？我的火輪車到底什麼時候來？」

2 騰雲駕霧坐火車

嗚～

霧裡有汽笛。

嗚～嗚～

汽笛聲越來越大，越來越近。

嗚～嗚～嗚～一列黑色蒸汽火車驟然挾著旋風，衝破濃霧。

嘰～煞～嘰～煞～嘰～

火車停下來，噴出一陣白色水蒸氣。

水蒸氣蒸騰翻滾升上空中，變成化不開的大霧。

難怪今天的霧氣熱呼呼，黏答答，還有一股嗆人的煤炭味。

火車頭上有兩個大字：「騰雲」。

後頭掛了三節木板車廂，車廂的窗子很小。站長對著車頭喊：「阿傳，阿傳，今日火輪車為何如此慢來？」大漢本來要踢站長，看見火車來了，只好不甘不願的把抬高的大腿放下來，他也瞪著車窗吼著：「對呀，要是誤了大清國緊急軍情，看你有幾顆腦袋？」

車窗裡的阿傳向大家揮揮手說：「這可沒辦法，羊要吃草，人要吃飯，火輪車的車頭就要餵煤炭。基隆的煤炭現在很熱門，連法國人都想來搶。我今天等了好久才勉強得來這一些。沒辦法，火輪車頭沒吃飽就不肯跑，軍爺呀，如果你想砍腦袋，那這顆火輪車頭就送你砍吧。」

「啊，火輪車頭沒人想要砍，」站長對著大漢說，「軍爺呀，快上車，免得耽誤您稟報軍國大事。」

一提起軍國大事，大漢氣消了，大搖大擺搶著坐第一節車廂。

郝優雅也想上車，卻被站長擋下來。

冷冰冰的眼神，平平板板的口氣：「小姑娘上哪兒去？水返腳還是錫口？車票呢？」

「車票？」她掏掏口袋，咦，放在口袋的悠遊卡不見了。

她搖搖頭說：「我沒有票。」

「那買票吧，騰雲號票價公道，基隆到水返腳五毛，到錫口一角，水返腳來回票一角八，錫口是三角，到哪裡？要幾張？」

「來回票比較貴？」郝優雅耳尖，「還有，你怎麼拿郵票當車票來賣呀？」

站長苦笑著說：「劉大人匆匆回轉福建，車票也沒時間印製，這還是我聰明，臨時想出來的主意，把車站印在郵票上，是不是很有創意，姑娘你沒票的話，請拿錢來買吧！」

「我沒錢。」郝優雅老實的說。

阿傳探頭出來說：「沒錢就去車頭當煤炭工，像這個小兄弟一樣，上車工作，才能免費搭車。」

從燒煤炭的地方露出一個全身髒兮兮的男孩來，笑著跟大家打招呼，哎呀，他全身就是牙齒白。郝優雅本來沒注意，不過，那微笑，傻呼呼的，好熟悉。

「曾聰明？」她大叫，「你怎麼會在這裡？」

「你不也在這裡嗎？我從熱蘭遮城炮口往外跳，一跳就跳到火車上，

想跑也跑不掉。」

阿傳笑嘻嘻的說：「沒錢不能搭霸王車，我派他當煤炭工。」

郝優雅記得，他們被鄭成功派去跟荷蘭長官談判，鬼一長官不肯投降，拉著曾聰明從炮口跳到大海，她追上去，卻回到現代，而曾聰明竟然來到……

「喂喂喂，姑娘，這裡不能打情罵俏，你想工作就上車，不想工作就下車。」站長冷冰冰的說。

「我想搭火車。」郝優雅問，「可是我不想跟他一樣，弄得全身髒兮兮。」

阿傳搖搖頭說：「這下傷腦筋了，騰雲號現在還在虧損中，不能讓你搭霸王車。」

茶商王老闆遞過來一塊錢說：「別吵了，回大稻埕的路上，我的十二姨太少個丫鬟服侍，站長啊，我替她出車錢，讓她上車去服侍十二姨太。」

見到錢，站長眼睛亮了。「有錢什麼都好說，歡迎光臨騰雲號，祝貴客旅途順風，滿面春風。」

郝優雅有一肚子的話想問曾聰明，不過，王老闆後頭有個凶巴巴的小女孩瞪著她。

「丫鬟，你還不來扶我嗎？」

「你？」

王老闆哼了一聲：「什麼你，她是十二姨太，你是她的丫鬟，要叫她十二夫人。」

原來她就是十二姨太。

十二姨太頭上有金釵，絲質旗袍綴著玉石珠寶。她的身材嬌小，年紀看起來也比郝優雅小。

「丫鬟，你還不過來，是要我自己上車嗎？」

「原來我成了丫鬟？」郝優雅覺得好笑，越來越像在演戲。這齣戲，她演丫鬟，要扶著比她還小的「夫人」上車。

十二姨太走路很慢，奇怪，這個年紀的小女孩，走起路來應該蹦蹦跳跳，她卻歪來扭去，郝優雅低頭一看，她的繡花鞋裡是小得不能再小的小腳。

「大腳婆，看什麼看？你只能怨你娘當年不幫你裹小腳，現在只有當丫鬟的命。」

「我才不是什麼大腳婆，而且我寧願當丫鬟，也不要……」郝優雅很生氣的說。

十二姨太根本不讓她把話說完，上車先嫌座位髒，郝優雅把椅子擦了七、八遍，她還是不高興；又嫌大漢長得太難看，要她把大漢趕到別節車廂。

趕軍爺？

對付軍爺，郝優雅倒是有好主意。「軍爺、軍爺，這節車廂人太多啦，你坐這裡，如果被他們聽到你的軍情，那可就……」

大漢果然站起來，嘴裡嚷著：「有道理，有道理，這麼多人，還有兩個洋人在那邊嘰嘰喳喳，我的軍情容易外洩，如果讓人知道大清國士兵沒腰帶……」

他嘮嘮叨叨，站起來就走，而車廂前面，王老闆掏出一個金懷錶，邊看邊唸，這火輪車怎麼還不走，大稻埕的茶葉如果走火輪車這條路，速度這麼慢，怎麼比得過英國豆格拉屎那些輪船哪？

超時空報馬仔

火紅的臺灣煤礦

自古以來，人類就懂得用煤當燃料，取暖、煮食都靠它，但是西方工業革命後，煤更重要了，不管是輪船、火車還是紡織機，都需要靠燃燒煤炭產生動力。掌握煤礦，簡直就像掌握一國工業、交通與國防的命脈。

臺灣也有煤礦，甚至還一度引起外國人的覬覦呢！

一八七六年，清廷派欽差大臣沈葆楨在今天的基隆市八斗子，設立臺灣第一座官礦，引進新式的採礦設備，提高臺灣煤礦開採的產量。

在中法戰爭時，劉銘傳怕法國人取得基隆的煤礦，來補充他們軍艦的燃料，毅然決然下令炸毀官礦，燒掉存煤一萬多噸。

中法戰爭之後，劉銘傳雖然想採取官商共同開採煤礦，但是經營不易，民間爭採，官方無法競爭，其後私煤變成煤炭主要供應來源。

日治時期用來運送煤礦的蒸汽火車。（圖片提供／小草藝術學院）

一直到日治時期，日本人引進新式機械開採，縱貫鐵路的交通又得到改善，臺灣的煤礦開始被大量開採。

臺灣的煤礦經過幾十年的開採，逐漸枯竭，於是需要用煤的產業開始仰賴進口，煤礦業就漸漸走入歷史。

想看臺灣煤礦的百年歷史嗎？新北市平溪就有一間新平溪煤礦博物園區，記錄了這段歷史呢。

日治時期北部的菁桐煤礦是重要的煤礦開採區。圖為菁桐的降煤場。（圖片提供／黃智偉）

誰穿得下玻璃鞋？

據說，灰姑娘的故事源自一千五百年前的中國。雖然這個傳說並沒有定論，但仔細想一想，為什麼只有灰姑娘穿得下玻璃鞋呢？

或許是因為灰姑娘的腳特別小，只有她才勉強穿得下那雙玻璃鞋。說到灰姑娘的腳特別小，就想到中國漢人在民國以前的風俗——纏小腳。

在民國以前，當時的漢人認為女孩子腳小才是美，所以女孩子在五到八歲左右就要開始纏小腳。纏小腳時要用一條長長的布把腳包住，再用針線縫起來。因為纏小腳時，白天即痛得寸步難行，夜晚雙腳悶在被子裡又痛又熱，有時，因消毒不小心抓破皮，導致一片血肉模糊。有本《夜雨秋燈錄》裡就寫著：「人間最慘的事，莫如女子纏足聲……」

纏小腳的風氣，一直持續到清末，當時的知識分子們，視纏腳為中國社會落後的象徵之一，他們認為纏小腳造成中國婦女過於柔弱，影響整個國家的力量，因此開始推行反纏小腳運動。

臺灣在日治初期，民間還保有纏小腳的習俗。雖有一些開明的人士成立「天足會」，鼓勵婦女勇於拒絕這項風俗，但初期推行並不太順利。直到一九〇六年，臺灣梅山發生大地震，許多婦女因為小腳跑不快，死亡率遠高於男性。為了逃生方便，民間才逐漸接受新觀念，讓女性得以脫下那條又臭又長的纏腳布。

臺灣纏小腳的女子，腳上穿著小小的鞋子。（圖片提供／小草藝術學院）

3 火車過山洞

車頭煤炭箱前有兩個長得一模一樣的黑人。

仔細一看，他們年紀都很大，應該是老爺爺；曾聰明第一次見到他們時，也是嚇一跳，後來才發現，原來他們不是黑人，只因為天天鏟煤炭，身上沾滿了煤灰。

煤炭鏟入鍋爐，鍋爐裡的水變成水蒸氣，帶動火車前進。

原理不難明白，但是這裡溫度高，待一陣子曾聰明就受不了，兩個老爺爺卻很自在，常常大笑，彷彿火車頭是舒服的皇宮。

他們的牙齒剩沒幾顆，而且缺牙都缺同個位置，難道是同一個大夫，拔同樣的牙？

「沒錯，這可是給滬尾最出名的麻蓋大夫拔的。」其中一個老爺爺說，「麻蓋大夫的拔牙技術好，而且拔完牙他還會唱歌給你打分數喔。」

「唱歌？」曾聽明不明白，「他要去參加歌唱選秀嗎？」

「唱完歌，他還會拉著你的手喊著窗戶和大門。」

「這個醫生也是建築師？幫你們蓋房子？」

另一個老爺爺搶著說：「不是啦，麻蓋大夫是說阿門。」

哎呀，他們說的是一百多年前在淡水的馬偕大夫嘛，把馬偕用臺語唸，還真的變成麻蓋。

「你猜猜看，誰是木炭，誰是火炭？」老爺爺拍拍他的肩膀，留下五個黑黑的指印。

「我猜不出來。」曾聰明老實的說，從炮管跳下來，他的頭還暈暈的，而且，他哪裡不好跳，沒事為什麼要來這裡當工人？

「沒關係，我們也常常忘記自己是木炭還是火炭。」他們笑著要曾聰明拿鏟子，「來吧，讓火輪車啟動吧！」

木炭兄弟的動作很有節奏，喝喲喝喲的喊著，一鏟鏟的煤炭就送進冒著火舌的鍋爐裡。

喝喲喝喲！

火輪車唱歌嗚嗚嗚，

火雞也會咕嚕咕嚕。

喝喲喝喲，

喝喲喝喲。

火輪車若是嗚嗚嗚，

火雞就來咕嚕咕嚕。

隨著他們的歌聲，火車冒出濃煙，配上嗚嗚嗚的汽笛聲響，火車終於向前跑了。

七恰七恰，七恰七恰～白煙被風吹遠了。

爬上一段小山坡，青山綠野，飛鳥小河，還有遠方的大海，海上的帆船，天空是沒有汙染的藍，這一切終於都能看得清。

「那是基隆港，這輛火輪車就是坐船從那裡上來。」不曉得是木炭還是火炭爺爺說。

「我們也是坐船來的，光緒十三年唐山過臺灣，真是不簡單。」另一個不知道是木炭還是火炭爺爺問曾聽明，「你又是從哪裡來？」

「我呀……」

曾聽明明白了，他竟然直接從鄭成功時代來到這裡，那他什麼時候才能回家？

難道可能小學法力無邊，把他帶回清代光緒年間的臺灣？

「我本來在上課，上著上著，卻上到你們的火車上了！」

木炭火炭爺爺停下鏟子說：

「誰不是這樣呢？我們約好了要去南洋發財，陰錯陽差跟著火輪車來到臺灣變成羅漢腳，這裡成了我們的家。但是往另一邊想，如果真的到南洋，誰知道又會怎樣？一切都是媽祖婆的主意，這是注定好好的，知道嗎？」

他們的話太有哲理了，曾聰明正在仔細想，沒想到半空中像是響起一聲雷：

「火輪車跑這麼慢，太陽下山我也趕不到臺北城啊！」是那個有緊急軍情的大漢。只見他睜著大眼睛，一臉怒氣沖沖的跑來罵人。

「好好好，軍爺，我們把火燒旺一點。」兩個老爺爺笑著說，「火輪車就要過山洞了，人客官，趕緊回去坐好吧！」

他說得沒錯，山壁開始兩邊夾緊，半圓形的隧道近了。

裡頭黑漆漆的，火車進隧道了。

七恰七恰，七恰七恰，隧道裡頭太黑，什麼都看不到，火車車廂窗子很小，煤煙味嗆得人受不了，可是郝優雅天不怕地不怕，她早就相準了十二姨太，趁黑伸手在她脖子上輕輕一抹。

「是誰？」十二姨太尖叫了起來。

郝優雅的惡作劇還沒完，大漢又怒氣沖沖經過她身邊。大漢正在氣火車不準時又跑得慢，再氣火車上沒人尊敬他，最後氣他的緊急軍情不知道洩漏了沒有。

「如果被人知道大清國士兵都沒有褲腰帶的話……」

他才想到這裡，突然手被什麼人摸了一下。

「誰？」四周明明只坐了他一個人！

一隻冷冰冰的手，摸摸他的臉頰。

那麼冰，那麼冷，絕對不會是人的手，如果不是人，那就是……

他從小就怕「那個」，想到這裡再也忍不住，用力跳起來，這一跳太用力，頭撞到了車頂，急忙中，他還以為是「那個」打了他。哎呀，這麼黑，這麼暗，絕對就是「那個」……

「鬼，有鬼，山洞裡有鬼呀！」

他邊喊邊跳，跳啊跳啊，就那麼巧，火車就在這時出山洞，白花花的陽光又從四周斜灑下來時，他恰好跳到了十二姨太面前。

「鬼……」他臉紅了，「我以為……以為……」

十二姨太只簡單回了他一句：「惡人沒膽。」

郝優雅嘻嘻一笑，心裡想的是：難怪你只能送五等軍情。

超時空報馬仔

手拿拔牙鉗的傳教士——馬偕

馬偕是加拿大人，生於一八四四年，他在十歲以前，就立志要成為十字架的戰士——傳道士。一八七一年，馬偕被教會派遣來臺傳教，他在淡水創立了臺灣北部第一所西醫院——「偕醫館」，以醫療傳道之精神，展開身心醫治及傳福音的工作。

馬偕會說流利的廈門話，他在傳教過程中，曾被丟石頭、吐口水，也曾經歷過中法戰爭、日軍侵臺，可是他依舊無怨無悔，除了在偕醫館裡為病人治病之外，也常常帶著門徒到處去傳道，走過臺灣許多地方。

馬偕是一位牧師，不是醫師。他沒有受過醫學訓練，可是卻與醫學結了不解之緣。他拔牙的技術一流，一面傳教，一面替人拔牙，有人形容他是——拿著拔牙鉗的傳教士，「一手聖經，一手鉗」。當時的人們因為「挽牙齒免錢」，爭相找他治療牙疾。馬偕在臺灣近三十年，被他拔過的牙齒高達兩萬顆以上，與當今的牙醫師相比，是個天文數字。

今天，淡水有馬偕醫院，也有他設立的神學院。臺灣現在還有不少原住民仍以「偕」為姓，以表示對馬偕的感念與愛戴之意。

淡水街上立著馬偕頭像。
（圖片提供／吳梅瑛）

淡水的偕醫館是馬偕當年行醫之處。（圖片提供／吳梅瑛）

七恰七恰，火車過山洞嘍！

獅球嶺隧道位於現今的基隆市，由基隆市政府正式更名為「劉銘傳隧道」，它是全臺灣第一個，也是唯一一個清代留下來的鐵路隧道。

劉銘傳建鐵路，先建基隆到臺北，其中以獅球嶺隧道工程最艱鉅。當年沒有現代化機器，大半都要靠人力一鏟一鋤的挖掘，一共花了三十個月才鑿通。

獅球嶺隧道全長大約有兩百三十五公尺，這裡的土質複雜，北段大多是堅硬的岩石，南段是潮溼的軟土，聘請英國與德國的工程師當顧問。

這條隧道，以紅磚和石塊砌成半圓的拱形，直徑四公尺，內部路線略呈弧形。

隧道南邊開口上有劉銘傳親題的「曠宇天開」四個大字，這個隧道曾經營運了七年多。甲午戰爭後，臺灣割讓給日本，日本人認為這個隧道的坡度太大，於是在附近另外新建「竹子寮隧道」，獅球嶺隧道自此走入歷史。

獅球嶺隧道因為深具歷史文化價值，還被指定為市定古蹟，目前被妥善的保存著。若你有機會去基隆玩，別忘了順道去探訪探訪它吧！

獅球嶺隧道是目前僅存清代鐵路隧道。(圖片提供/黃智偉)

4 火車洗臉站

火車才出山洞，嘰～煞～火車又停了。

「這是什麼站？附近也沒住家，怎麼可以停，我有緊急軍情，如果慢了……」

大漢大聲嚷嚷著，剛才太丟臉，現在惱羞成怒。

不過他說得也沒錯，左邊山壁右邊河谷，山壁上方是樹林，樹林裡的瀑布嘩啦嘩啦的流。

阿傳招呼大家：「人客官，火輪車過山洞，大家臉都髒了，在這裡洗洗手、洗洗臉，進城逛街才清雅。」

洗臉站，哪有這種站？

郝優雅擦了擦臉，果然黑得可怕。

十二姨太喚她：「你是木頭人嗎，快去提水給我洗臉！」

水桶剛拿起來，十二姨太的命令又下了一串：

「毛巾呢，你沒拿毛巾，我怎麼擦臉？」

「走路輕一點，不要把水濺出來。」

「毛巾再洗十二遍！」

「你不會笑嗎？當丫鬟委屈你了嗎？」

郝優雅吐吐舌頭。「十二姨太真可怕，簡直……比我媽還嘮叨。」

「今早在基隆加的水不夠，」木炭火炭爺爺要曾聰明去提水，「火輪車加夠水，等一下才有足夠的蒸汽爬大坡。」

火車嗚嗚嗚開動，進入丘陵地。

山坡上是茶園，茶園一圈一圈直上山頂，山頂上有人家，許多小孩緊跟著火車跑，阿傳脫下帽子跟他們揮揮手。

「看到沒有，從這裡開始，都是我們家的茶園。」王老闆說。

「哪一塊？」十二姨太慵懶的問。

「全部。」

「那麼多，你一個人怎麼種？用採茶機嗎？」郝優雅問。

「當然不是，他們種好茶，再把茶送到大稻埕，那裡我有製茶坊，製好茶，再賣給洋行，然後他們用豆格拉屎的輪船賣到外國去。現在有了火輪車，我就可以運到基隆去，用劉大人的輪船運出去，自己賣不必給洋人賺。」

他說得很得意，外頭小孩跑累了，停下來，看著火車越開越遠，他們的人也越來越小。

「劉大人開這條鐵路，替我們找到一個茶葉新出路，以後茶就從基隆出口，『雞籠茶』聽起來怎麼樣？」

十二姨太笑他：「好像是專門給雞喝的茶。」

「別笑別笑，以後我們自己製茶自己賣，利潤多了幾十倍，我在大稻埕給你蓋一棟西洋樓，買西洋胭脂水粉，像這款的丫鬟，」王老闆指著郝優雅，「你要一百個，我也買給你。」

「我是人，不是茶葉，怎麼能讓你這樣買賣？」郝優雅搖搖頭，猜不透這時代人的想法。

轉個大彎，火車沿著大河走，河水嘩啦嘩啦，火車七恰七恰。

奇怪的是，火車在這裡繞來繞去，王老闆在一邊得意的解釋，什麼這裡是葉阿舍的田，那邊是鼎鼎有名張阿舍他們家祖先的墓地……郝優雅就不懂了。「鐵路為什麼要這樣繞來繞去？直直開過去比較快呀！」

「不行，鐵路經過的地方，都是我們捐的，怎麼能讓鐵路壞了我們的風水？所以，竹林要繞過去，小姨太的花園也要彎過去。」

「天哪，難怪火車開這麼久，路線這麼彎。」

彎彎的鐵軌來到一個小小的村落，後頭有小小的山坡，土角厝、三合院，木炭、火炭爺爺讓曾聰明猜這是哪裡，他卻猜不出來。

「這裡是水返腳村。」一個爺爺說。

「是海水漲潮，來到這裡就轉回去的地方。」另一個爺爺說。

「水返腳？好奇怪的名字。」

更奇怪的事在後頭，水返腳村口站了好多人，像是專程在等火車。

難道全村人都要來坐火車？有個道士，嘴裡唸唸有詞，鈴鐺叮叮噹噹作響；乩童站在另一邊，搖頭晃腦，狼牙棒在空中揮來揮去；還有幾個人敲著鑼，火車經過時就拚命的敲哇敲。

鏘鏘鏘，鏘鏘鏘，鑼聲和火車行進的聲響合在一塊兒。

不少人家擺著香案，白煙裊

裊，不知道在拜什麼神？

阿傳難得正經下來，一臉嚴肅的解釋：「他們是在除煞，說什麼火輪車是馬面火妖，火輪車每次經過，他們都要做一次法，說是能降妖除魔。」

「那好累呀！」郝優雅說。

阿傳一陣苦笑的說：「以前經過蛤蟆村，那才累。」

「怎麼會有人把村子取名叫蛤蟆村，難道對面有天鵝？」

「那裡的人說蛤蟆村緊靠著

蛤蟆山，整個村子就像坐在太師椅上。村口面對著大河出海口，好似蛤蟆的嘴，嘴大吃四方，在風水上這種地方就叫做蛤蟆穴。」

「蛤蟆穴，真有趣！」

「村裡有兩個池塘，他們說那是蛤蟆眼，還說蛤蟆穴的穴位好，風生水起會出賢人。劉大人想讓火輪車經過那個村。結果當地的村長、仕紳一聽到消息，立刻帶了村人，拿著鋤頭和鐮刀，就到臺北找劉大人理論去了。」

「那叫做抗議！」

「對，就是抗議。因為他們抗議得太凶了，劉大人只好把鐵軌移到蜈蚣村，蜈蚣村的人也不滿意，因為那裡有一長列的小山丘，風水上就叫做……」

「蜈蚣穴？」

阿傳苦笑著說：「蜈蚣村的人說，火輪車這麼一走過，就像在蜈蚣背上砍一刀，砍一刀哪能活呀，他們也不答應，東邊不行，西邊不能，火輪車路線改了又改，最後就搬到水返腳這裡來。」

郝優雅搖搖頭說：「我光聽就聽累了，你們的鐵軌這樣移來移去，不累呀？」

「累呀，這裡的坡度也陡，等一下到了牛拉火車坡，還可以看看水牛拉火車的奇景。」

王老闆哈哈大笑：「真是沒見識的鄉下人，連火輪車都不知道，還說什麼馬面火妖。」

阿傳笑著說：「還是王老闆跟得上時代，難怪你的茶葉能銷到世界各國去，知道時代在進步，很多觀念都要改變。」

「是啊，像我就知道，若是要求子，就要去拜基隆的註生娘娘，基隆的註生媽最靈驗，哪像這種鄉下人，拜什麼火輪車神，真好笑。」

「啊？」郝優雅聽到一半，差點把十二姨太的洗臉盆打翻。

王老闆還很得意的又說：「若是要算命，要找大稻埕的李神摸，他是全臺第一摸，摸骨大師的摸啦，我娶十二姨太也是李神摸摸的，他說她的骨相好，誰娶了她，就能榮華富貴十輩子，不像我前十一個太太，粗手笨腳……」

聽了半天，原來王老闆比其他人更迷信，郝優雅這回再也忍不住，那盆水就真的全潑在十二姨太的臉上了。

超時空報馬仔

火輪車來了，快跑！

西元一八八七年，劉銘傳在臺北成立「全臺鐵路商務總局」，聘請英德兩國工程師，著手修建中國第一條鐵路。一八九一年，臺北——基隆間鐵路完工，鐵路全長二十八點六公里，成為臺灣第一條鐵路。

為了這條鐵路，劉銘傳向德國買了兩部蒸汽火車，分別命名為騰雲一號與御風二號。騰雲、御風皆有「極快速」的意思，不過，當年最高速度只有三十五公里，現在的腳踏車只要踩快一點，說不定就能比當時的火車快了。這條鐵路從基隆起，沿途經過八堵、水返腳（今汐止）、南港、錫口（今松山）到達臺北，兩年後又延伸到新竹。

清代所建的臺北火車站。（圖片提供／吳梅瑛）

當年大多數的人並不了解鐵路的重要性，劉銘傳推行時困難重重。像是最繁華的商業中心艋舺（今萬華）的商人怕鐵路破壞風水，誓死反對鐵路經過艋舺，劉銘傳只能妥協，將火車路線繞道而行。一般民眾也把火車稱為「妖馬」、「火輪車」，光聽名字都覺得可怕了，要他們搭乘，自然是更不願意了。

劉銘傳原本計劃把鐵路從基隆修到臺南，但接任他的巡撫邵友濂卻因為沒有經費，持續經營鐵路又虧損連連，最後只好停工了。

劉銘傳所建的這條鐵路，因為運輸能力不佳，後來被日本人拆掉了。日本人重新建了從基隆到高雄的縱貫鐵路，於一九〇八年全線通車。

1891

劉銘傳規劃興建的基隆—大稻埕段通車，長 28.6 公里。

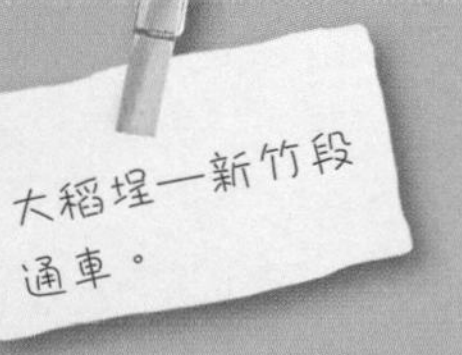

日治時代改裝後的騰雲號火車頭。（圖片提供／小草藝術學院）

1908

基隆到高雄縱貫鐵路貫通，總長 404.2 公里。

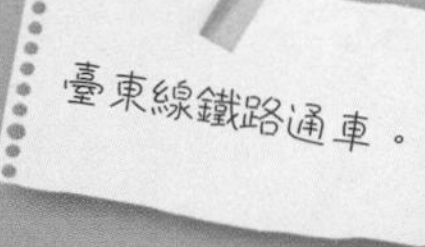

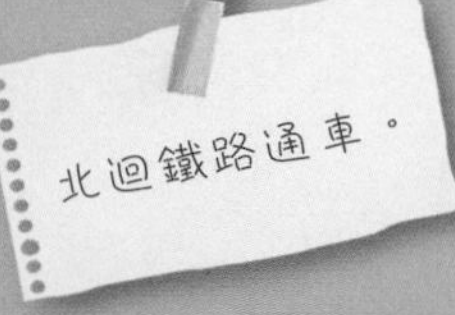

1991

南迴線完工通車，臺灣的「環島鐵路網」完成。

5 牛拉火車上山坡

路線太彎？

坡度過陡？

蒸汽火車頭太古老？

曾聰明和兩個爺爺在車頭拚命的加煤炭，火燒得這麼旺，火車還是走得慢吞吞。

既然走得這麼慢，十二姨太當然有時間換衣服，邊換邊罵郝優雅。

郝優雅不敢回嘴，誰叫她剛才把一桶水全潑在十二姨太「尊貴」的臉上呢！

火車嗚嗚嗚，十二姨太慢條斯理的補好妝，點好胭脂，每做一個動作，就唸一次笨手笨腳的郝優雅。

等她從「落湯雞」變回「尊貴的十二姨太」後，從容的回火車上吃綠豆糕，瞪郝優雅。

吃完了，拍拍手，郝優雅把點心盒交回給牛車司機，她這才滿意的揮揮手，讓牛車不用跑這麼急了。

牛車？

沒錯，王老闆的牛車從基隆開始，就緊緊跟在火車旁邊，王老闆想要什麼，牛車上就有什麼，扇子、行李和一個阿舍專用的金尿桶。

牛車上也設有十二姨太的ＶＩＰ包廂，裡頭有貼身換衣丫鬟一名，她還可以到牛車上睡個午覺，也可以在笨手笨腳的丫鬟把水潑在她身上時，回豪華牛車包廂換衣服。

「帶著牛車，自己坐火輪車？這是什麼心態呀？」郝優雅簡直無法相信。

「把洗臉水潑在我身上？這又是什麼丫鬟哪？」十二姨太很生氣。

「要點心，有點心；要尿桶，就有金尿桶，這才是有錢人的生活！」茶商王老闆的笑聲很刺耳。

笑到一半，他突然對阿傳說：「火輪車跑得比牛車慢，難怪火輪車會賠錢，哎呀呀，我的茶葉若是走這條路線，就怕被英國豆格拉屎輪船搶了先。」

阿傳搖搖頭說：「路線太彎，坡太陡，我也沒辦法。」

他說得沒錯，曾聽明在車頭看到：前方有個大彎，彎度至少超過一百五十度，除了彎，坡度也很陡，火車瘋狂的喘氣噴煙，速度卻越來越慢。

喝喲喲！

喝喲喲！

煤炭煤炭喝喲喲！

喝喲喲！

喝喲喲！

做伙啟動喝喲喲！

不知不覺，曾聰明和老爺爺們的吆喝聲都變了。

鍋爐吐出紅紅的火舌，像是貪吃的小孩，煤炭餵得再快，也填不飽他的肚子似的。

喝喲喲！

喝喲喲！

本來勉強和牛車一樣快，後來變得跟蝸牛差不多，最後連螞蟻都追上來了。

終於，蒸汽火車嘰煞煞，吐出長長一聲，它真的跑不動了。

阿傳急忙拉住煞車桿，兩個老爺爺擦著汗說：「沒法度，今天又爬不上去了。」

那怎麼辦？

阿傳走回第一節車廂找王老闆借牛車。

「我家的牛拉你的火輪車？」王老闆不願意，「我家這隻尊貴的牛拉火輪車？嗯……」

王老闆想了一下說：「好吧，拉一次火輪車八角。」

「八角？」阿傳也不願意，「整車客人十三位，扣掉煤炭和水費，哪有錢付？」

「反正，我已經付了車票錢，火輪車就得把我載去臺北城，火輪車開不動，你得想辦法。」前不著村，後不著店，王老闆趁機敲竹槓。

阿傳搔著頭跟曾聰明說：「給你一個戴罪立功的好機會，你跑到坡頂，那裡有個村子，去借幾條牛來拉火輪車。」

「我？」曾聰明一時嚇傻了，只想到牛怎麼拉得動火車，忘了去解釋他沒犯錯，為什麼要戴罪立功？

木炭火炭爺爺笑著說：「對啦對啦，今天有你來，我們這把老骨頭不用去爬坡。」

這道坡，坐在火車上看很陡，下來走的感覺，更陡。

如果是郝優雅，可能不用五分鐘就可以快速的爬到坡頂。不過她正在幫十二姨太搥背，十二姨太要求她每一下的力道要平均，輕重要適中，節奏也要一致，所以她怎麼會有空幫忙跑到坡頂。

曾聰明長長的嘆了一口氣，認命的下了蒸汽火車，他才走一小段路就渾身大汗，等爬上了坡頂，衣服已經全溼了。

村子口，坐著幾個缺牙的老公公，一聽他說要來借牛，每個人都是笑呵呵。

「一個月借五遍，你們家的火輪車太沒擋頭了。」

「我家的水牛常去拉火輪車，現在很有架子呢，要牠們耕田，還不太願意哩。」這個老公公像在說一則童話故事似的。

「不過，」一個完全沒牙，說話漏風的老公公說：

「牛都在村尾那邊吃草，你要自己去那裡找。」

「啊？還要走哇？」

那些老公公哈哈一笑：「不是走，是爬。」

在老公公的笑聲中，曾聰明悲憤的擦乾臉上的汗水（當然，也有可能是淚水），爬呀爬呀，再長的山坡，只要願意爬，總有爬到的時候，即使他在途中休息了至少十次以上，每一次要爬起來，他都用這句話來勉勵自己。

洋行、茶商與鐵路

「洋行」是外國人所開設的外商公司，他們在臺灣經營貿易，把外國的物品引進臺灣，也把臺灣生產的貨物送到國外販售謀利。

臺灣在一八六〇年後，陸陸續續開放了安平、滬尾（淡水）、打狗（高雄）、基隆。開港後，洋行很快的就在各個港口設立據點，建立倉庫。像英國的怡和洋行與德記洋行等都是當時臺灣的大洋行，臺灣生產的茶葉、樟腦等，幾乎都要透過洋行才能運出去販售，而臺灣需要的機器也委由洋行引進，像臺灣最早的鐵路機車騰雲號，就是請英商怡和洋行向德國購買來的。

這些外國洋行因為語言、風俗習慣的差異，無法直接跟臺灣人貿易，所以都會僱用漢人買辦來協助買賣。

洋行讓臺灣的茶葉、蔗糖和樟腦進入國際市場，茶葉甚至取代蔗糖成為最大的輸出品，而外國的貨品例如鉛、鐘錶、火柴、煤油也由洋行引入臺灣。

一八九五年後，臺灣成為日本殖民地，日本總督府以公權力保護、扶植日本企業，外商洋行難與日本企業競爭，這才逐漸衰落。目前也僅有少數洋行存在，如怡和洋行、德記洋行等。

位於淡水的英商嘉士洋行倉庫。（圖片提供／吳梅瑛）

德記洋行在安平港設立的據點。（圖片提供／吳梅瑛）

6 第一屆水牛與火車拔河大賽

十二姨太滿意了。

她打了個哈欠說：「下回就這樣搥。」

郝優雅終於能喘口氣，一抬頭，恰好看見曾聰明回來了。

二十頭水牛和十二位牧童在曾聰明帶領下，浩浩蕩蕩的走向蒸汽火車頭。

車廂裡的人，這會兒全都探出頭去，看著牧童如何綁繩子，水牛要怎麼拉火車。

有了水牛的幫忙，蒸汽火車終於緩緩的上了山坡。

山坡上，好熱鬧，全村的人扶老攜幼，全來看熱鬧，那幾個缺牙的老公公說：「果然還是水牛夠力，才能把火輪車拉上來。」

「笑話，水牛拉火輪車？那是火輪車自己出力，水牛只能幫忙一點點。」木炭火炭爺爺不服氣。

完全無牙的老公公說：「哼！沒有水牛拉，你的火輪車還在山腳下喘哩。」

這下惹惱木炭火炭爺爺了。「不然，水牛和火輪車來比一比，看誰的力氣大。」

老人家的火氣比蒸汽火車還要大，說比就要比，旁邊的人勸他們，他們也不理。

第一屆火車與水牛的拔河比賽，就是這樣決定的。

火車爬上坡頂，恰好有段平坦的地面，適合當比賽場地。

「看來看去，我覺得水牛力氣大。」大漢比誰都還投入。

他已經忘了緊急軍情——士兵的褲腰帶還沒著落呢。

商人最懂得利用時機，小販們攤開花布，叫賣起玉米、花生和瓜子來，兩個外國商人又吃花生又吃瓜子，還跑到外頭去看水牛。村子裡的小孩大概沒見過外國人，外國商人看水牛，他們跟在後頭看外國人，有個小男孩還偷偷拉了拉商人的金髮，得意的宣布：

「頭髮是真的耶！」

在這麼熱鬧的場合裡，牧童可沒忘記自己的工作，水牛移到車尾，十二個牧童大喊一聲，二十條水牛默默的把繩子拉成緊繃的直線，一整列火車就這麼嘰哩喀啦的緩緩倒退。

「贏了啦，贏了啦！」村民們發出歡呼的聲音。

「沒錯吧，水牛力氣大。」大漢好得意，「早該叫水牛拉火輪車進臺北城。」

他終於想起自己的責任了，回頭抱怨牛拉火輪車耽誤他的行程。

火車頭上的阿傳卻不疾不徐，等水牛拉了一陣子，這才拉拉汽笛，木炭火炭爺爺也開始鏟煤，蒸汽火車七恰七恰的運轉起來嘍。

二十頭水牛想要以多數勝少數，但是火車不讓，圍觀的人都看到，火車緩緩向前，水牛群耍賴，用腳抵著地與火車對抗，但火車加快速度，水牛群也跟著見風轉舵，一隻隻轉過身來，像是

火車帶著二十頭水牛漫步。

村子裡的人不服氣，他們追上來，除了把牛牽回去，還趴到車底下檢查：

「作弊吧？火輪車裡面偷偷藏了牛幫忙？」

「火輪車如果這麼有力，怎麼會爬不上坡？」

曾聰明對郝優雅說：「我看不是牛力氣大，是那個坡太陡，角度太彎，最好能找別的路線。」

郝優雅沒在聽，她心裡有個警報器，喔伊——喔伊——的響著。

牛拉火車，大家都去看熱鬧。

十二姨太為了顯威風，在比賽即將開始前，派她回牛車去取東西。

「拿我的帽子來，不要白的、黃的，也不要綠的、紫的，有流蘇的別拿，鑲亮片的我今天也不想戴，太陽這麼大，我快被晒昏了。你還不去呀？這懶丫頭。」

郝優雅氣憤難平，她抬頭看天空。「什麼太陽大，明明就是你想出風頭。」

就在那時，她發現車頂上好像有人。

那人一身黑，好像是非洲人？

郝優雅正想看仔細，車頂卻只剩下晴朗的藍天和蒸騰的煙氣。

「一定是我眼花了。」她翻箱倒櫃，好不容易找到一頂紫色，沒亮片，沒流蘇的帽子給十二姨太。

火車拉著牛群走，十二姨太也指著她罵：

「你存心想晒死我呀，黃曆上說今天不宜戴紫色，你到底有沒有在聽我說？」

郝優雅又一次追上火車（反正火車也跑得夠慢的了），好不容易拿著帽子回來時，第一屆牛與火車拔河大賽已經結束了。

就在乘客們一股腦的全部湧回火車上時，有道黑影從另一邊竄上車頂，輕飄飄的落下。

她揉揉眼睛，光天化日下，總不會出現阿飄吧？

「我覺得，這條路線真的不好，哪有人派牛來拖火車的，你說對不對？」曾聰明等著她回答。

郝優雅沒空理會他，為了證實自己的想法，她直奔火車頭，兩步跳上煤堆。

濃濃的蒸氣，嗚嗚嗚的汽笛，車頂上果然有個人。

黑衣黑褲黑頭套。

「忍者！」跟著她來的曾聰明大叫。

忍者一個打滾，又從車頂消失了。

「這裡怎麼會有忍者？」郝優雅懷疑。

阿傳也來了，他說：「那是日本派來的奸細，專門打探臺灣的情形，我們快去把他抓起來。」

臺灣茶聞名世界

臺灣地形氣候適合種茶，英國的洋行也注意到了。

英國商人陶德先在臺灣成立寶順洋行，又在茶商李春生的協助下，從中國的安溪引進茶種，並且貸款給農民，鼓勵農民大量種植。初期臺灣只有生產粗茶，茶葉品質不佳。陶德後來在大稻埕設立茶廠，自大陸福建引進製茶技術，讓臺灣茶的品質獲得極大的改良。

這些茶，被陶德以「福爾摩沙烏龍」（Formosan Oolong）引進美國，立刻在美國成為暢銷茶品，陶德也因此被稱為「臺灣烏龍之父」。

那麼，臺灣的茶商就可以賺大錢嘍？

實情並沒有。

臺灣當年的海上航運，全被「道格拉斯輪船公司」給獨占。這家公司由幾家英國洋行集資成立，為了搶占市場，他們還為臺灣當年不良的港口打造特別的船隻，茶葉可以由淡水出口，直接運到福建，出

日治時期臺灣烏龍茶的廣告。（圖片提供／小草藝術學院）

口到海外。

既然航運被道格拉斯輪船公司給獨占，運送茶葉的運費利潤就被外商賺走了，劉銘傳也因此設商務局，買了輪船想和道格拉斯競爭海運市場。

臺灣的茶商只能向茶農買茶葉，然後賣給洋行或廈門的商人，賺取中間價格的差額，賺取的利潤不多。把茶葉賣到歐美市場的利潤，還有將茶葉運到歐洲的運費利潤，全進了英美等外國商人的口袋。

劉銘傳在臺灣主持新政時，特別號召臺灣茶商，要他們集資、出地，建立一條大稻埕到基隆的鐵路。臺灣的茶商之所以願意出錢，也是希望往後經由鐵路將茶葉運到基隆，再送上商務局的輪船，和外國洋行、輪船公司競爭，自己找出一條貿易的新路。

7 日本忍者在臺灣

阿傳說，日本人不知道派了多少細作來調查臺灣：艋舺一斤白米多少錢，安平演歌仔戲要多少戲金，他們都查得一清二楚。

「臺灣現在有火車，他們也會有興趣。」阿傳補充，「劉大人才剛和法國人打完仗，現在連日本人、英國人也都對臺灣有興趣。」

「所以日本人派忍者來探聽？」郝優雅問。

阿傳給她一個苦笑。

苦笑的人不止阿傳一個，王老闆也愁眉苦臉的，因為十二姨太不舒服，一張臉氣呼呼的，王老闆賠著笑臉，笑話說了一個又一個，十二姨太就是不理他。

三個小販靠在擔子上休息。兩個女孩為老媽媽梳頭。老爺爺在幫猴子抓蝨子，大漢坐在他們旁邊抱怨。兩個外國商人坐後面，聊天、看風景和打瞌睡。

「多了一位。」郝優雅看了一眼，輕手輕腳走到車尾，其他人都有又油又亮的長辮子，打瞌睡的商人沒有。

「就是他。」郝優雅大叫。

那個商人果然是忍者假扮的，聽到郝優雅一叫，他翻身一跳，就跳到窗外，順著山坡直直往下滾，滾到坡底，站起身來跑遠了。

幸好，忍者掉了張紙在座位上，那是一張地圖，密密麻麻寫滿了日本字。曾聰明認得——那是基隆到臺北的鐵路圖。

他說：「果然是間諜。」

阿傳嘆氣：「可惜了。」

郝優雅也說：「是啊，可惜了。」

大漢問：「什麼可惜了？」

阿傳告訴他：「這個日本來的間諜，不知道在臺灣躲了多久，打探出多少機密。」

大漢大叫：「哎呀呀，這可不好了，堂堂大清國的眾水師沒有褲腰帶，日本人也知道了這則消息？」

他所謂的機密軍情，現在已經是火車上公開的新聞，只有他還當成寶貝。

曾聰明勉強忍住笑。「當然啦！他掉了地圖，回去只能拿你那件緊急軍情去交差。」

大漢很生氣，先是要阿傳負責，命令火車跑快一點；接著又嫌車廂太擁擠，消息才會走漏；最後，他又有個想法，讓大家嚇一跳。

「車上，會不會有其他間諜來偷聽我的機密軍情？」

大家都笑了，誰會為了褲腰帶派間諜來呢？

大漢走過去，對著車上那兩個外國人說：「你們是不是為了偷聽我們大清國的機密來的？」

郝優雅替他們解釋說：

「軍爺，人家可是道道地地

的商人……」

郝優雅話還沒說完呢，那兩個金髮藍眼的外國人就怪腔怪調的說：「我們……我們……是英國來的商人，他……」他指著車上另一個低頭睡覺的人說：「他，他才是美國間諜。」

「要抓起來，統統抓起來。」大漢抓著英國人，又想去拉美國人。

沒想到睡覺的美國人跳起來，嘰哩呱啦對著車廂另一邊的商人說了一串話。

那人猛的站起來，你瞪我，我瞪你，幾個人嘰哩呱啦又吵了一陣，趁阿傳他們愣住的空檔，先合力把大漢推倒，四個人分成四個方向跳下車去。

阿傳問：「剛才那個人說什麼呀？」

「應該是英文。」郝優雅很確定。

曾聰明補充：「好像是說『Come on, Spanish』，應該是『走吧，西班牙人。』」

「英國人、美國人、日本人和西班牙人，有這麼多間諜在臺灣？」郝優雅嚇一跳。

「可見臺灣真的好，世界上的國家都想來插一腳。」阿傳說。

曾聰明問：「我們現在怎麼辦？」

阿傳看著他說：「現在開始，我升你為騰雲號祕密調查員，每個上車的旅客，你都要好好檢查一番，免得再被外國間諜混上來。」

「祕密調查員？」

「沒錯，從現在開始，你要負責注意火輪車上有沒有外國間諜活動的跡象，隨時向我報告，他們可能躲在車頂、車頭甚至是車底……」

「或是廁所？」

「廁所？什麼是廁所？」

「就是尿尿的地方。」

「喔，沒有，火輪車上沒裝尿桶。」

「那想上廁所的客人怎麼辦？」

「他們必須忍耐，不然就是先跳下車，尿完了，再自己追上來。」

「追不到的話？」

「火輪車可以等他呀。」

「火車等人？哪有可能。」

「當然可以，你們看前面……」

前面是片番薯田，田裡站著三位貴氣逼人的老婆婆，她們穿著金色、銀色和紅色的大衣，正對著火車招手。

郝優雅睜大了眼睛說：「這裡又不是火車站。」

「本列車嚴重虧損中，只能加強服務，以顧客優先。」

「意思就是賺錢第一？」

阿傳點點頭，回到車頭，蒸汽火車「嗚嗚！」兩聲，真的停了下來。

金衣婆婆臭著臉說：「你今天又誤點了。」

銀衣婆婆埋怨著說：「我們等了好久好久好久。」

「沒問題，從這裡一直到大稻埕都是下坡，我們加

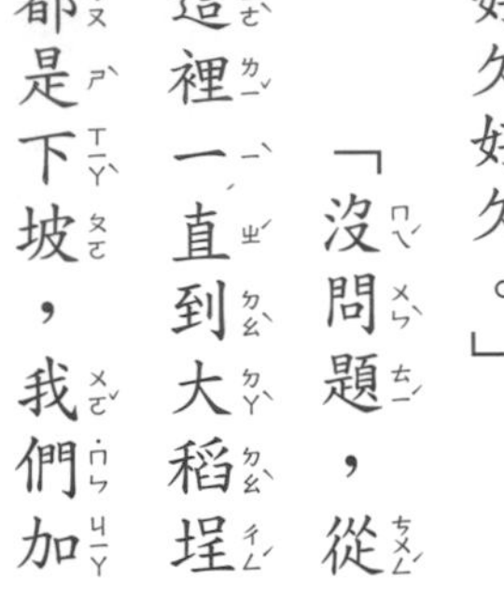

點炭，不會誤了你們逛街買衣服。」阿傳賠著笑臉。

曾聰明問：「那……我的調查工作？」

「暫時停止，快去告訴木炭火炭爺爺，加炭升火，我們快馬加鞭，不對，是快車加炭回到大稻埕再說。」

外國人眼中的天鵝肉

我們常說：「癩蛤蟆想吃天鵝肉。」臺灣在西洋列強的眼中，就是那塊肥美的天鵝肉。臺灣，緊鄰中國，又位居東亞航運要衝，早是各國覬覦的目標。

清末，英國為了與中國貿易，逼迫清廷割讓香港作為據點，美國商人眼見英商取得香港後發展順利，多次要求美國政府比照英國方式取得臺灣，對臺灣十分覬覦。一八六〇年，各國施壓，迫使清廷同意臺灣開港，各國商人進駐，臺灣成為新興的國際貿易據點。

至於日本，他們打從一六〇九年，也就是離現在四百年前就曾派人調查臺灣的港灣及物產，並且派兵來臺灣兩次，這時的主要目的不在占領臺灣，而是想要讓原住民向日本稱臣進貢。不過，這兩次行動都失敗。

日本明治維新後，加入歐美各國的行列，開始對臺灣展現高度企圖心，怪的是，別的國家把臺灣當成天鵝肉，清廷反而一直不太重視臺灣。到了一八七四年，日本利用琉球人被臺灣原住民殺害的機會出兵臺灣，此行動的主要目的是藉著臺灣的事件，壓迫清廷承認日本擁有對琉球的宗主權。

在事件爆發後，清廷急忙派福建船政大臣沈葆楨來臺灣做軍事部署。經此事件，清廷終於發現以往不重視的邊陲臺灣，在海防地位上非常重要，於是一改消極政策，開始積極經營臺灣。

日本人派人到臺灣調查繪製的臺灣島明細圖。（圖片提供／小草藝術學院）

8 火車駛入臺北城

太陽下山前，前方出現一座城，那就是——

「臺北城。」

王老闆得意的說：「背靠七星山，面對淡水河，背山面水，完全按照中國人風水所打造的城池。」

晚風吹進火車內，有炊煙的味道。

郝優雅好奇的問：「你怎麼知道？」

「當然知道，劉璈劉大人號召大家捐款建城，我也捐了不少錢。」

「是嗎？」

「捐銀十兩，有感謝狀一張；捐一百兩，可在城牆磚上留名；若是捐到千兩以上，由知府大人送一塊城門磚當紀念品，還能以貴賓身分出席臺北城落成典禮；財力雄厚的仕紳捐十萬兩白銀，連城門都能參與設計、題字和留名。」

「那哪一座城門是你設計的？」郝優雅很有興趣。

「這……」王老闆遲疑著。

「你去當落成典禮的貴賓？」

王老闆搖頭。

「難道你只在城牆的磚上面留名？」

王老闆尷尬的搖頭。

「不會吧，你只有……」

十二姨太很光采似的說：「他有感謝狀一張。」

講到感謝狀，王老闆有精神了。「上面有劉大人親筆簽名呢！」

「所以你只捐十兩？」

「建城的時候，劉大人說的嘛，一兩不嫌少，萬兩不嫌多，盡心盡力最重要……」

這個財大氣粗卻小氣巴拉的財主，就這麼一路解釋，火車快到大稻埕了，經過臺北城，從城門口望進去，一排路燈，恰好發光，他終於成功轉移焦點：

「看到沒有，那是路燈，你這個丫鬟沒見過吧？」王老闆比給郝優雅看，「這款路燈最先進，不必吃油。」

郝優雅問：「不必吃油，那吃什麼？」

一旁的大漢說：「全臺灣只有臺北城有這種洋貨，它不吃油，是吃電的喔，我每次只要來到這裡，就覺得好先進。」

「喔，原來是吃電的，真的好先進喔！」她心裡覺得好笑，在現代理所當然的電力，對這時代的人來說，竟然神奇的像魔法一樣。

原來這就是清代的臺灣。

郝優雅看著街上的一切，看起來都很熟悉，卻又有點兒陌生感，不知道她的祖先是不是就在這些人裡頭？

想著想著，火車嗚嗚嗚，開進一座屋頂用鐵架支撐，柱子是磚造的火車站。

說它像火車站，還不如說它比較像鐵工廠。

「大稻埕到了，大稻埕到了，要下車的旅客，別忘了您的行李，還有您家的姨太太。」阿傳這句絕對是講給王老闆聽的。

嘰——煞！

蒸汽火車真的停了，濃煙滾滾，火車站裡，什麼也看不清。

阿傳提著一盞煤油燈，站在車廂下，讓大家看清路面。

王老闆下車了。

十二姨太走在前面，邊走邊罵：「請的那是什麼笨丫鬟，連搥個背都不會。」

王老闆有點不耐煩的說：「好啦好啦，若是嫌這個粗手笨腳，回茶莊我再找十個讓你慢慢選。」

濃煙中，十二姨太和王老闆上了牛車，十二姨太一臉氣呼呼，連郝優雅跟她說再見，她也不理。

車廂裡的大漢也搶著下車，煙霧瀰

漫的火車站裡，郝優雅看見幾個人牽著馬，等在列車邊，一看見大漢現身，他們立刻跪下去大喊：「恭迎欽差大人。」

「欽差大人？」

曾聽明和郝優雅心裡都有疑問。

大漢轉頭時，燈光恰好照在他的臉上，咦？他現在看起來彷彿換了一個人，眼神銳利，神采

飛揚，和上車時的粗魯樣子完全不一樣。

「我們趕快回府，我有機密軍情要稟報給知府大人。還有，日本國、英國和美國人都派細作來臺，吩咐下去，城內城外加強防備。」

「是。」

郝優雅推了推一旁的曾聰明說：「看起來，他才是真正的祕密

調查員。」

不過，欽差的下一句話更讓人擔心。

「你們幾個，上車搜一搜，火輪車上有兩個小孩，口音奇怪，舉止怪異，把他們帶回來，說不定是大功一件。」

「是！」

「他說兩個小孩，口音奇怪？」曾聰明看看身旁的郝優雅，「舉止還很怪異？」

郝優雅小聲的說：「那不就是我們嗎？」

超時空報馬仔

曾經，臺北有座城

繁華的臺北市，曾經是座方形的城。

沒錯，臺北，的確曾經有座城。時間回到光緒年間，清廷雖然在臺北設了臺北府，但知府遲遲沒到臺北辦公，因此一直沒有建城。清代官方「建城」的意思是說蓋衙門，包括官府、官廟等設施，最外面再用城牆圍起來。臺北設府之後四年，知府才到臺北開始推動築城工作。

為了建好臺北城，官方號召富豪們捐款集資，花了五年的時間，直到一八八四年十一月，臺北城完工。城牆周徑一五〇六丈，壁高丈五，雉垛高三尺，城牆上路寬丈二，可容兩匹馬並駕其驅。它是全臺灣唯一以條形方石所建的方城，構工嚴謹。

只是這座建在田野之中的城，人氣指數不高，它離當時最熱鬧的大稻埕市街有段距離，除了要去官府衙門，一般百姓沒事並不會進城。

甲午戰爭後，臺灣割讓給日本，日軍在辜顯榮導引下，從北門進入臺北城，占領這座城市，開啓日本人長達半世紀統治臺灣的歷史。

當年年底，臺北的義軍反攻臺北城，日本軍隊反而靠著這座城，居高臨下，輕易擊潰義軍的攻勢。隔了一年，義軍再度反攻，但仍受阻於臺北城外。

這座全中國最晚建的城，擋不住現代化的風潮，在新的城市規畫下，它的構造成為城市發展的阻礙。那麼，就拆吧！日治初期，臺灣總督府就陸續拆毀臺北城的城牆及西門。

算算它完整存在世上的時間，大約只有二十年。

北門是臺北城中唯一保留清代原貌的城門。（圖片提供／吳梅瑛）

整修後的北門，矗立在忠孝西路、延平南路和博愛路口，已被登錄為國定古蹟。（圖片來源／ Shutterstock）

9 回到現代

幸好，蒸氣很濃，讓人安心，士兵從這頭上列車，他們倆從另一邊下火車。

下了車才發現，身邊多了一個人，是阿傳。

「你們要不要跟我搭夜車回基隆？」他的聲音也壓得很低。

「這……」他們倆相互對看。

如果留下來，很有可能被抓。要是被抓去見知府大人，誰知道會怎麼樣？

如果不留下來，他們要怎麼回去可能小學？他們是從基隆站上的火車，說不定想回去，就得回到基隆站。

他們還在思考時，有個士兵發現他們：「小孩在這裡。」

「快，快走。」阿傳回頭絆了士兵一下，他們趁亂跑進濃煙瀰漫的月臺上。

「他們在哪裡？」

「這邊。」

「不對，那邊。」

「散開來找比較快。」

士兵在月臺上大呼小叫，他們藉著濃濃的蒸氣，隱藏自己。

東躲西躲，溼氣很重，本來乾了的外套又溼了，溼掉的外套，好像又變成原來的顏色，也許是因為這個緣故，好像連衣服也換回原來的制服似的。

越往月臺裡走，煙霧越重，奇怪，這月臺怎麼永遠走不完似的，那些追兵的聲音，似乎也變得遙遠了起來，似乎霧氣也有隔音的效果。

走著走著，四周好像變亮了。沒錯，剛才在車站裡，伸手不見五指，月臺走久了，白霧越來越明顯，越來越明顯，彷彿從晚上跳到了清晨，天色漸漸變亮的感覺，而且這種感覺越來越強烈，強烈到郝優雅下意識的看了看她的錶。

最奇怪的事發生了。

明明今天早上還以為自己沒帶錶出門，現在呢，錶不是好端端的戴在手上嗎？

時針指在八和九之間，分針指著九，八點四十五分？到底是早上還是夜晚？

她不禁停下了腳步，曾聰明想拉她都拉不動。

「你怎麼了？你不怕被抓到嗎……」曾聰明順著郝優雅的視線往上看，這下連他也愣住了。

可能小學

霧氣被一陣輕風吹送，漸漸淡去。

明明白白的四個字，他們真的站在可能小學的捷運月臺上，遠方的大樓、動物園的旗子，都還看得見，幾隻白鴿飛過上空，時間看起來應該是早上，可能小學站的站長就在閘門口等著他們。

只是今天的站長，看起來好眼熟，就像……就像那個基隆站的站長，但是他的眼神，那麼冷、那麼冰，如果讓郝優雅來配對，她會覺得比較像多娜老師。

「遲到了？」那個人問。

「對呀。」他們異口同聲的回答。

出了站，看見白花花的陽光，這才有回到現代的感覺。

「我們剛才是回到古代的臺灣？坐了一次火車嗎？」郝優雅不太確定的問。

曾聰明左右看一看，然後說：「我是很想相信這件事，可是，又好像在做夢。如果讓我說，我寧願相信剛才我們是在夢遊，或是做夢。總而言之，剛才我們遇到的，應該都是我們自己想出來的，不切實際的……」

他拉拉雜雜說了好長一串，哇啦哇啦哇啦哇啦的，直到郝優雅從口袋裡不經意的掏出一張紙。

那是一張地圖，一看就知道是臺灣基隆到臺北的火車路線圖，上面寫滿了密密麻麻的日本字。

「咦？忍者的地圖？」他們倆驚呼，再回頭看看可能小學站，這才想起來，可能小學站從來沒有站長啊，那剛才他們看到的，到底是誰呢？

絕對可能任務——

親愛的小朋友，讀完這本書，是不是覺得郝優雅和曾聰明的驚險之旅很好玩呢？

想參加嗎？

先完成闖關任務吧！

任務1 火車大迷宮

阿傳的火車要開了，將軍也有五級緊急軍情要傳遞，請你趕快幫阿傳找出正確的火車路線，讓他趕快把軍情送給上級長官吧！

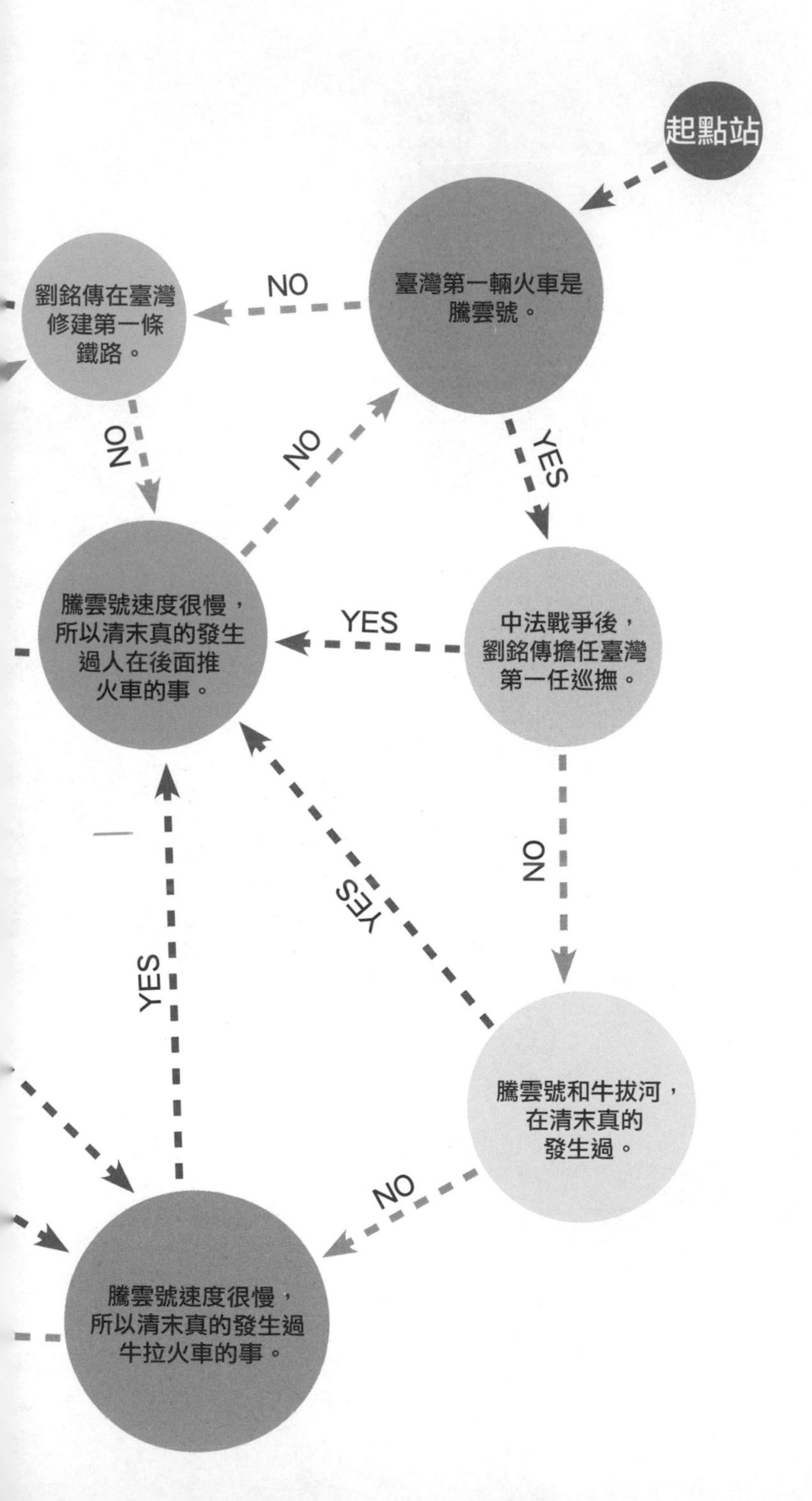

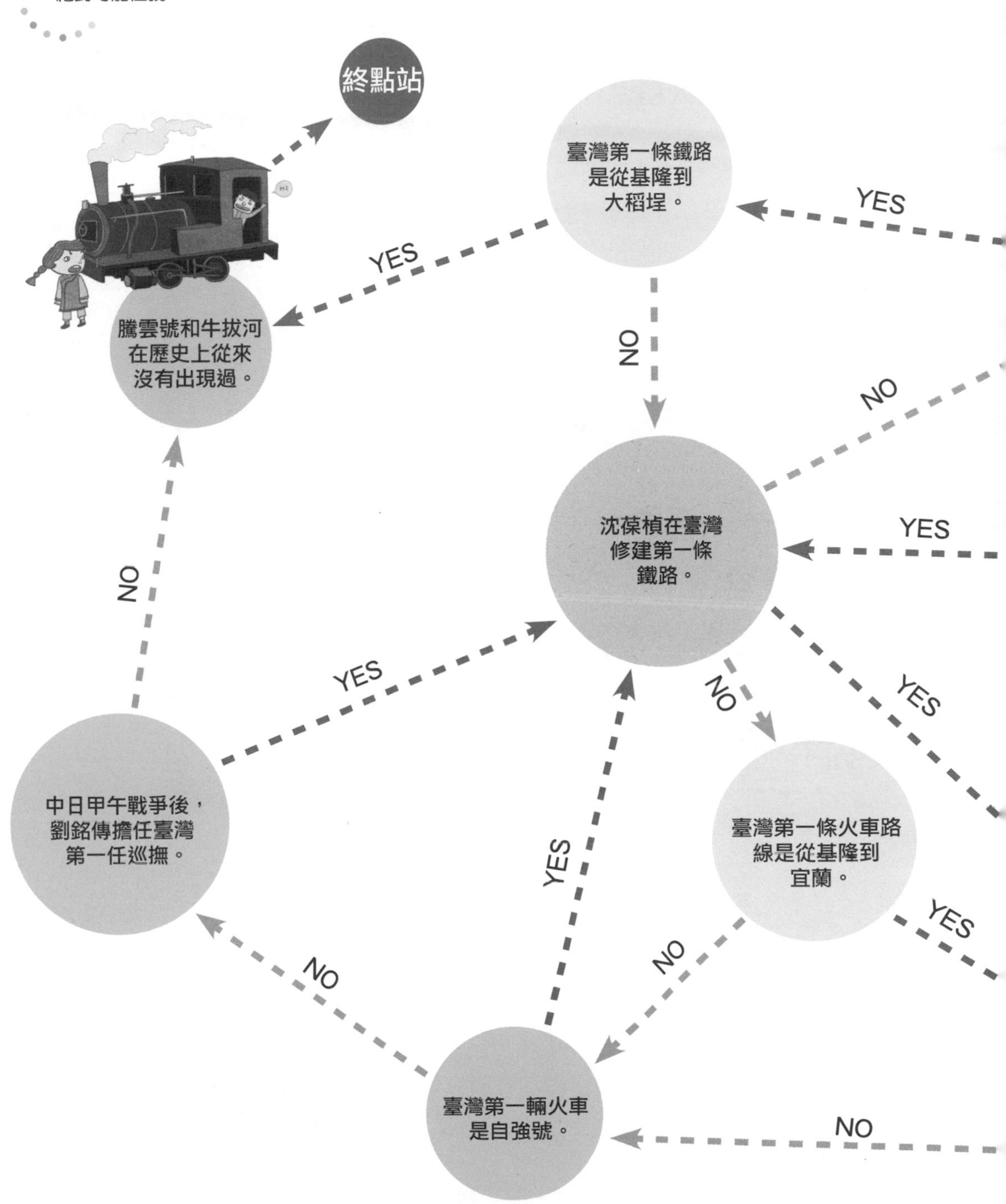

終點站
HI
臺灣第一條鐵路是從基隆到大稻埕。
YES
YES
NO
騰雲號和牛拔河在歷史上從來沒有出現過。
NO
沈葆楨在臺灣修建第一條鐵路。
YES
NO
YES
NO
YES
臺灣第一條火車路線是從基隆到宜蘭。
中日甲午戰爭後，劉銘傳擔任臺灣第一任巡撫。
YES
YES
NO
NO
臺灣第一輛火車是自強號。
NO

任務2 火車一日遊

今天，丫鬟郝優雅和王老闆一行人住在八堵朋友家，奉十二姨太之命安排第二天的出遊行程。他們要到水返腳的茶園看看茶葉收成的狀況。還要到錫口慈祐宮拜拜，去基隆勘查進港的輪船多不多，順便看看海景。傍晚得回到王老闆設在大稻埕的商號。

看看下面這張路線圖，幫郝優雅安排明天的行程表，還要寫清楚從哪裡上車到哪裡下車，好去買火車票。好好規劃一下吧！

大稻埕

錫口
（松山）

南港

水返腳
（汐止）

八堵

基隆

順　序	1	2	3	4
上車站	八 堵			
下車站				大稻埕
活　動 內　容				

任務3 臺灣史風雲人物連連看

清代末年，這些人因為不同的原因來到臺灣。他們都不是在臺灣出生，不過都很愛臺灣。連一連，看看你認不認識他們。

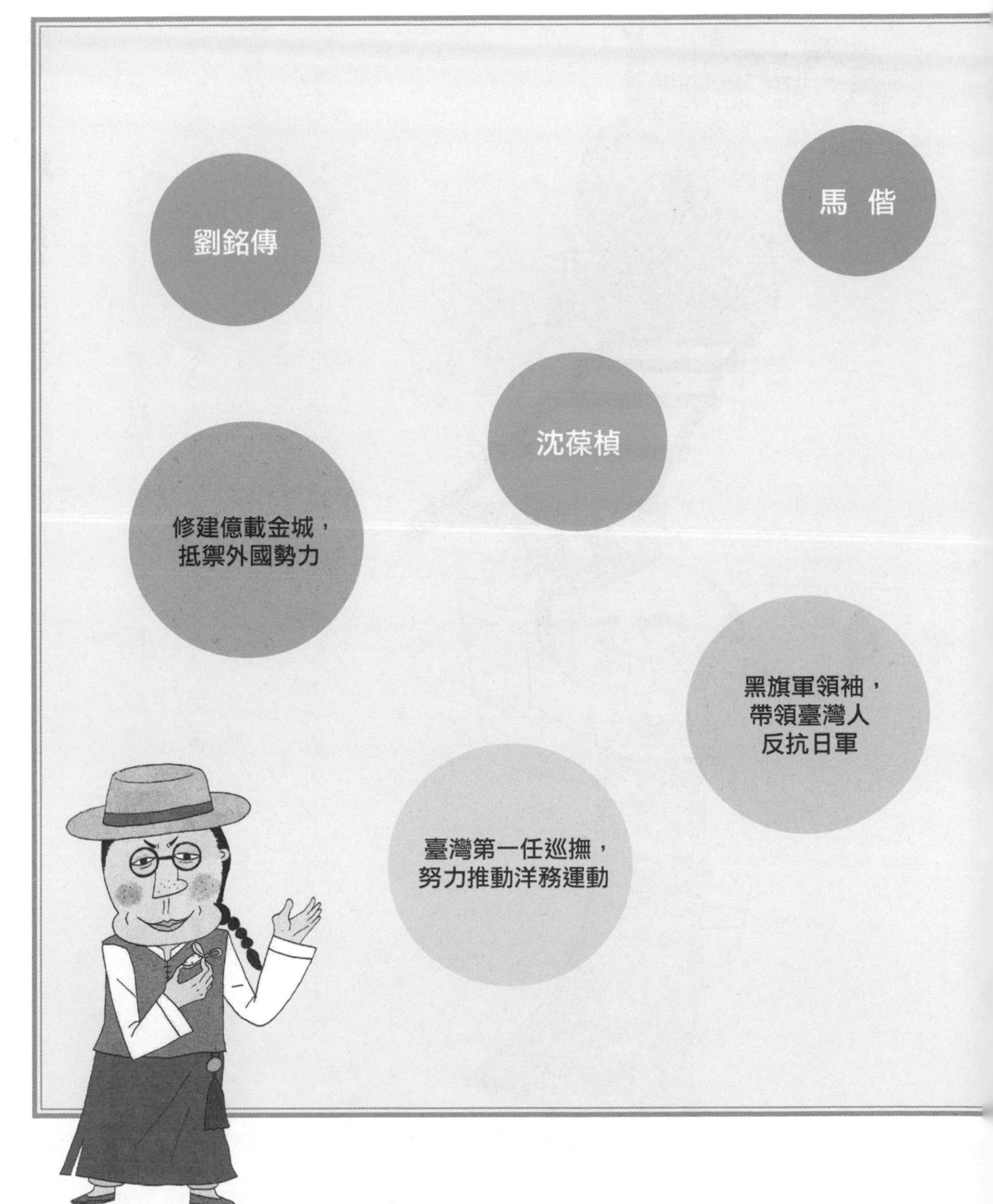
劉銘傳
馬偕
沈葆楨
修建億載金城，
抵禦外國勢力
黑旗軍領袖，
帶領臺灣人
反抗日軍
臺灣第一任巡撫，
努力推動洋務運動

任務4 彩繪騰雲號

阿傳是騰雲號火車的駕駛員，他覺得兩百年前的老火車頭，也能變得美美的。所以，他廣招天下英雄，請大家幫他彩繪騰雲號火車。你有沒有好點子，快來幫幫阿傳的忙吧！

彩繪前，要先想個好主題，收集相關的資料，然後用心大膽的畫上去吧！

我的騰雲號

解答

任務 1・火車大迷宮

答案：

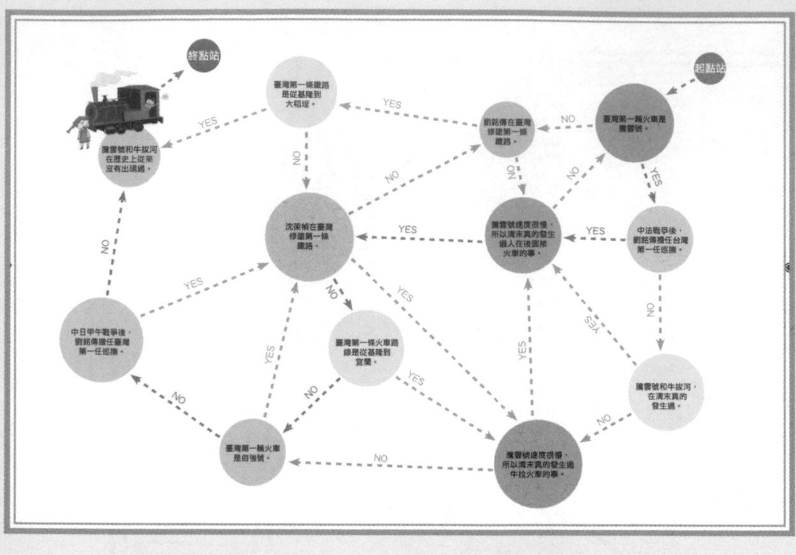

任務 3・清末臺灣風雲人物連連看

答案：

沈葆楨：修建億載金城，抵禦外國勢力

劉銘傳：臺灣第一任巡撫，努力推動洋務運動

劉永福：黑旗軍領袖，帶領臺灣人反抗日軍

馬　偕：傳教士，一生拔了兩萬多顆牙

劉永福
馬偕
劉銘傳
沈葆楨
傳教士，一生拔了兩萬多顆牙
黑旗軍領袖，帶領臺灣人反抗日軍
修建億載金城，抵禦外國勢力
臺灣第一任巡撫，努力推動洋務運動

作者的話

臺灣歷史百萬小學堂

王文華

「歡迎光臨！」對面的白髮爺爺，手裡的枴杖上刻著VOC。

我心裡一陣奇怪，歡迎什麼呀？

「你有三次求救機會，call out，現場民調或是翻書找答案。」

「這……這是百萬小學堂？」

「不，」右手邊的爺爺穿著盔甲，「是臺灣歷史百萬小學堂。」

「可是我沒報名？」

「既來之則安之。」盔甲爺爺說，「第一題我問你，請想像出四百年前的臺灣。」

「四百年前的臺灣雞會生蛋，鳥會拉屎，對了，還有很多喔喔喔的印第安人出來。」

盔甲爺爺搖搖頭：「印第安人在美國，臺灣的原住民分成很多族，荷蘭人最常接觸的是西拉雅人。」

「是是是，」我重新再想一遍回答：「四百年前，臺灣島上，原始森林密布，平原上梅花鹿成群，島上居民怡然自得，那時的天是藍的，地是綠的，藍汪汪，綠油油。

對了，四百年前，海盜顏思齊把臺灣當成基地，躲官兵、藏寶物，不過，顏思齊不厲害，厲害的是他手下的鄭芝龍。鄭芝龍有經營管理的頭腦，把打家劫舍的海盜船隊，帶隊投降明帝國，當起水師，在明帝國與清兵爭天下的年代，鄭芝龍在福建與臺灣、日本間，迅速擴張自己的力量，想要在臺灣附近經商的船隊，不管是漢人還是西洋人，都得聽他的話。」我一口氣說完。

兩個爺爺很高興：「你懂了，可以開始了。」

「現在才開始？」

「第一題來啦，沈葆楨來臺灣，為什麼臺灣的羅漢腳仔都很高興？

一、沈葆楨開山撫番，開闢三條東西橫貫步道。

二、沈葆楨建炮臺防範日本，像億載金城。

三、沈葆楨請清廷廢掉禁止人民來臺令。」

「嗯，這個嘛……是一嗎？」

白髮爺爺搖搖頭。

「難道是二？」

盔甲爺爺笑一笑。

「不會是三吧？」

左手邊還有個爺爺打瞌睡。

我想不出來，只好要求：「我要 call out。」

我拿出手機趕快撥給爸爸，他對臺灣歷史熟。可是我爸手機沒開。

我再撥給我們學校校長，他年高德劭，對臺灣一定也……

……嘟……嘟……這是空號，請重新撥號……

「時間快到了。」白髮爺爺提醒我。

我靈機一動：「我撥給誰都可以嗎？」

他點點頭。

「請問您電話幾號？」

白髮爺爺沒料到這一招，他笑了：「我直接告訴你吧，是三，廢掉禁令，婦女可以來臺灣，羅漢腳仔也能娶媳婦，大家都高興。」

「好啦，第二題來了，」盔甲爺爺拍一下桌子，「下列物品，哪樣是臺灣最早的世界第一？樟腦、筆電、腳踏車、網球拍、鹿皮或蔗糖。」

「不公平，哪有一次給這麼多選項。」

盔甲爺爺又拍了一下桌子，桌子垮了。

「想當可能小學五年級社會科老師，就得闖過小學堂。」

「我……」我想不出來，「我要求救，民調。」

「你調吧！」他坐回去，翹著腿，抖呀抖的，椅子現在也岌岌可危。

「選一的請舉手。」

兩個爺爺舉手；第三個在點頭，點頭不是贊成，因為他在打瞌睡。

「能請他認真一點，不要再……再睡了？」我指指瞌睡爺爺。

「我們只問自己，不管別人。」

「那，選二的請舉手。」

又是兩人舉手，一人點頭。

「選三的……」

又……

「我不玩了，你們每樣都舉手，我怎麼過得了關？」

「那我們每樣都不舉手，行了吧。」白髮爺爺說到做到，後來的選項他雙手放在頸後，一臉優閒。

民調不可信，我只能自立自強，不會是筆電，因為球鞋和網球拍比他們更早，不會是蔗糖，巴西蔗糖更多，那鹿皮和樟腦？

「我選樟腦，鹿皮好像很多地方也都有。」

白髮爺爺搖搖瞌睡爺爺：「該你了，臺灣在清帝國時樟腦世界第一他猜出來了。」瞌睡爺爺留著八字鬍，說話像個外國人。

「日本時代有句諺語，叫做第一憨種甘蔗給會社磅，日本人收購甘蔗的價格低到離譜，讓農民入不敷出，有時連肥料錢都不夠，結果引起什麼事件，變成了臺灣農民運動的起源？」

「選項呢？」

「剛才你嫌多，現在都取消了，快回答，你有三十秒。」

「我……」我想起還有一個求救，「我要翻書找答案。」

「請！」

「這裡沒書。」

「你得自己想辦法。」

「我要抗議。」

「抗議不成立，而且時間到，你闖關失敗，明年再來。」

「我不……我……你們至少提供書讓考生翻呀。」

盔甲爺爺瞅了我一眼：「受不了你，拿去吧，看完，明年再來考吧。」

就這樣，我被推到門口，我低頭看看手裡的書：【可能小學的愛臺灣任務】。

「讀這書可以當臺灣史的老師？」

「真的嗎？」

「這……」

於是我翻開書，進入愛臺灣的任務……

審訂者的話

發現歷史的樂趣

吳密察／國立故宮博物院院長

學校裡的歷史教科書，似乎總是不太有趣。要不是淨是一些人名、年代、戰爭、條約、制度，需要背誦記憶的零碎資訊，就是一些太過簡化的經濟貿易、社會結構之敘述。從內容來看，歷史教科書裡的歷史大都是大人們，尤其是（偉）大人物們的事業功績、思想作為，或者是國家、社會之結構和發展上的大事。對於孩童來說，這都未免太難以理解，或是太沉重了。況且，教科書的分析常失之簡化，甚至還經常是在極端簡化的分析之後，做了非常具有意識型態或道德的評斷。

其實，歷史原本應該是相當有趣的。因為歷史雖然是確實存在過的「過去」，但是這些「過去」卻必需要經過人為的挑選與組合，甚至解釋，才能夠重新被認識。因此，歷史是要靠人去「發現」的，甚至還可以說是要靠人去「製作」的。

當然，歷史並不是被恣意的「發現」、「製作」的。「發現」與「製作」歷史的過程，需要有材料（史料），也需要有技藝（方法），當然還自然會存在著「發現者」、「製作者」的意識型態。這種「發現」、「製作」出來的歷史，是一個可以被檢證與討論的，具有理路脈絡的「論述」。它不但有類似某人姓啥名誰的這種純粹事實，也有根據史料的推理臆測，也有被容許範圍內的想像，當然還有價值判斷。因此，歷史應該是非常吸引人的一種知識和知識的探索工作。但是我們的歷史教科書卻難以引領學生思考，只提供一些經過編寫者選擇而且做出評斷的「史實」，讓學生只能被動的接受和記誦這些教科書所給的資訊和結論。於是，我們想要用比較有趣的體裁（文學、電影……），來補助歷史教科書的不足，或「解救」歷史教科書的無趣。

對於兒童來說，自從有了腦筋急轉彎、周星馳式的無厘頭喜劇大行其道、哈利波特式的奇幻小說電影舉世轟動之後，小說、電影人物不但可以穿梭不同時空，也可以轉換成各種異形，大大的擴展了想像空間。

孩童的閱讀世界，甚至日常生活的行為、言談，也呈現各種新的型態和流行。腦筋急轉彎、無厘頭、搞笑、KUSO……，相對於持平莊重、按部就班、娓娓道來這些顯得古色蒼然、枯燥無趣的表現方式，便新鮮活潑而且變得討好了。

不過，這種虛虛實實、虛而又實實而又虛、來去於未來與過去之間、乎焉在此又乎焉在彼的孩童讀物，如何來陳述歷史呢？由作者選出一些「歷史事實片段」嵌入小說情節當中，這個方式也容易出現歷史斷片化或過度簡化的情況。這套書的解決方式是以穿插書中的「超時空報馬仔」和書後的「絕對可能任務」提供的歷史知識來加以調和。

即使如此，這仍然是屬於作者所製作和發現的歷史。我倒是建議家長們以此為起點，引領孩子想一想：

- **小說與歷史事實的差異在哪裡？**
- **哪些是可能的，哪些不可能？**
- **還有沒有別的可能？**

小說和歷史的距離，也許正是帶領孩子進一步探索、發現臺灣史的一種開始。

推薦人的話

超時空報馬仔

柯華葳／中央大學學習與教學研究所榮譽教授

時間是抽象的，而存於時間中的人物對兒童來說是模糊的。我們曾經研究學童對一些叫得出名號的歷史人物有多認識，結果發現，對兒童來說，這些人物是故事中的主角。以媽祖和關公為例，多數孩子見他們在廟裡端正坐著，接受善男信女膜拜，雖讀過一點三國演義以及課本中林默娘的事跡，還是不很確定他們是真人，更不用說人、神之分。當輔以照片，大多數學童則以外貌，如鬍鬚、衣著、髮型判斷誰最有年紀，忘了他們的時空背景。

事實上，人物、事件與背景是歷史和故事都必須有的元素。歷史與故事的差異不大，這也是歷史吸引人，可以不斷的被轉化成電視劇、電影甚至電玩的原因。不過，當故事說：「從前，從前……」，對說故事和聽故事的人來說，只是一個開場，但對歷史來說，那就是學問了。在時空條件下，根據史料，詮釋歷史事件的原因和影響是讀歷史需要的訓練。當然，這當中避不開詮釋者受本身條件的影響。就像在歐洲重要博物館中有許多聖母瑪利亞的畫像。由瑪莉亞身上的穿著，可以看出畫家所處的年代以及當時有的顏料。十三世紀畫家給世紀初的瑪利亞穿上十三世紀的衣服，十五世紀畫家則給她穿十五世紀的衣服。我們讀歷史也會以今釋古。

但是對兒童來說，今古不分外，他們也不容易分辨傳說、故事與史實。因此閱讀歷史更顯其重要性。閱讀歷史，一方面在認識前人的作為，對世界各地、各種文化與其變遷有所認識。另一方面認識時序脈絡、空間因素和歷史事件的關係，進而理解不同世代的人對同一事件可能會有物換星移，很不一樣的見解，例如不同時代所撰寫秦始皇的功與過。不過讀史最重要的是，認識自己與歷史的關係，不論是解釋歷史或是以史為鑑。這大概是歷史教育的至終目標。

【可能小學的愛臺灣任務】寫的是荷蘭、鄭成功、劉銘傳和日治時代的臺灣。作者王文華以故事說歷史，其中有真人真事，也有虛擬的人，還有作者自己的解釋以為串場，將史料連結，讓學生更生動有趣的閱讀。而為幫助學生不至於只見故事不見史，作者整理與設計了「超時空報馬仔」，把與故事有關的史料一併呈現。兩相對照閱讀下，我們期許小讀者認識自己生長的土地，是許多有活力、勇敢、視野寬廣的前人生活過的地方。更期許小讀者慢慢養成多元的觀點，學著解釋這些過去與自己的關係，找著自己安身立命的根基。

推薦人的話

愛臺灣，從認識臺灣開始

林玫伶／前臺北市國語實小校長、清華大學客座助理教授

「深耕本土、迎向世界」，是臺灣主體教育的重要理念。新一代不能只對唐堯虞舜夏商周倒背如流，卻對臺灣的荷西、明鄭、清領、日治搞不清楚；新一代不能只知道拿破崙、羅斯福，卻沒聽過有「鄭氏諸葛」之稱的陳永華，或是對臺灣近代化有重大影響的沈葆楨。

認識臺灣，是一種尋根的歷程，是一種情感的附依，更是一種歷史感的接軌。

我們教育下一代要對在臺灣這塊土地的人民同等尊重、兼容並蓄，可知臺灣不論在哪個時代，早就同時存在不同類型的文化。多元文化的擦撞與妥協、衝突與融合，早已是臺灣歷史的一大特色。

我們教育下一代要有國際觀、放眼世界，可知臺灣這個海島資源有限，每個時代都與外界關係密切，重視貿易、國際競逐，早已是臺灣歷史的重要一頁。

歷史絕不只是寫「死人的東西」，它活生生的與我們文化、思想、行為、生活產生交互作用。生為臺灣人，認識臺灣本來就不需要理由，如果需要，那麼，我們或許可以這樣說：「它告訴我們這塊土地的故事，它的過去，正不斷影響我們的現在和未來！」

然而，許多孩子只要一聽到歷史就想打瞌睡，除了教科書上堆砌著無聊的年代、人名、地名外，歷史的長河被壓縮成重要的大事件記，一兩頁就道盡數十、數百甚至數千年的光陰流轉，難以讓讀者產生感動，更遑論貼近這片土地的共鳴。

很慶幸的有這套專門為孩子寫的臺灣史，作者以文學的形式描繪歷史，不僅在敘述上充滿懸疑的故事、冒險的情節，容易讓孩子產生閱讀的樂趣；另一方面，作者各選定荷西、明鄭、清領、日治四個時期的某一段史實，透過兩個主角的跨時空體驗，能讓讀者身歷其境，腦中勾勒出活跳跳的畫面，有助於現場感的沉浸、對過往同情的理解。相較於一般臺灣史故事的寫法，本套書雖然以較長的篇幅，描述類似斷代的生活故事，但對孩子而言，激發對史實的興趣、提煉深刻的思考，都比灌輸知識更有意義。

愛臺灣的第一步，無疑從認識臺灣開始。孩子學習臺灣史，對臺灣的關懷與熱情將更有著落，對土地的尊敬與謙虛將更為踏實；而要讓孩子「自動自發」認識臺灣史，那就給他一套好看、充實又深刻的臺灣史故事吧！

可能小學的愛臺灣任務 3

快跑，
騰雲妖馬來了

作者｜王文華
繪者｜徐至宏
圖片提供｜小草藝術學院、吳梅瑛、黃智偉

責任編輯｜張文婷．李寧紜
特約編輯｜吳梅瑛．劉握瑜
封面設計｜李潔
美術設計｜蕭雅慧．丘山
行銷企劃｜翁郁涵

天下雜誌群創辦人｜殷允芃
董事長兼執行長｜何琦瑜
媒體暨產品事業群
總經理｜游玉雪
副總經理｜林彥傑
總編輯｜林欣靜
行銷總監｜林育菁
副總監｜李幼婷
版權主任｜何晨瑋、黃微真

出版者｜親子天下股份有限公司
地址｜台北市 104 建國北路一段 96 號 4 樓
電話｜（02）2509-2800　傳真｜（02）2509-2462
網址｜www.parenting.com.tw
讀者服務專線｜（02）2662-0332　週一～週五：09:00~17:30
讀者服務傳真｜（02）2662-6048　客服信箱｜parenting@cw.com.tw
法律顧問｜台英國際商務法律事務所 · 羅明通律師
製版印刷｜中原造像股份有限公司
總經銷｜大和圖書有限公司　電話：（02）8990-2588

出版日期｜2022 年 12 月第二版第一次印行
2024 年 8 月第二版第二次印行
定價｜350 元
書號｜BKKCE031P
ISBN｜978-626-305-339-7（平裝）

訂購服務
親子天下 Shopping｜shopping.parenting.com.tw
海外 · 大量訂購｜parenting@cw.com.tw
書香花園｜台北市建國北路二段 6 巷 11 號　電話（02）2506-1635
劃撥帳號｜50331356 親子天下股份有限公司

國家圖書館出版品預行編目資料

快跑, 騰雲妖馬來了/王文華文 ; 徐至宏圖. --
第二版. -- 臺北市 : 親子天下股份有限公司,
2022.12
144面 ; 17×22公分. --
(可能小學的愛臺灣任務 ; 3)
注音版
ISBN 978-626-305-339-7(平裝)

863.596　　111015697

立即購買 >